포켓 스마트 북 울타리 ⑥

개나리 **울**타리

울타리글벗문학마을 편

KB039705

도서출판 한글

포켓 스마트 북

울타리글벗문학마을

출판문화수호 스마트 북 (6)
2023년 3월 20일 1판 1쇄 인쇄
2023년 3월 25일 1판 1쇄 발행

개나리 울타리

편　자　울타리글벗문학마을
기　획　이상열
편집고문　김소엽 엄기원 조신권 이진호
편집위원　김홍성 이병희 최용학 방효필
발 행 인　심혁창
주　　간　현의섭
표 지 화　심지연
교　　열　송재덕
디 자 인　박성덕
인　　쇄　김영배
관　　리　정연웅
마 케 팅　정기영
펴 낸 곳　도서출판 한글
우편 04116
서울특별시 마포구 신촌로 270(아현동) 수창빌딩 903호
☎ 02-363-0301 / FAX 362-8635
E-mail : simsazang@daum.net
창　　업 1980. 2. 20.
이전신고 제2018-000182
* 파본은 교환해 드립니다.
* 정가 6,500원
* 국민은행(019-25-0007-151 도서출판한글 심혁창)

ISBN 97889-7073-622-8-12810

발행인이 드리는 말씀

이 단행본 울타리는 정기 간행물이 아닌 휴대 간편한 포켓 문고입니다. 안타깝게도 지금은 전 국민이 '스마트폰'에 매몰되어 책 읽는 사람을 볼 수가 없습니다.

이 실정을 어떻게 설명해야 합니까? 지금 한국은 출판문화가 무너지고 있습니다. 출판문화가 무너지면 출판사와 서점과 작가들이 사라지고 서점이 사라진 터 위에서 우리도 문화선진 국민이라고 자랑할 수 있을까요?

많은 사람들이 우리나라에는 왜 노벨 수상작가가 안 나오느냐고 합니다. 그 책임은 작가에게도 있지만 국내 작품을 애독해주지 않는 독자의 책임이 더 크다고 봅니다.

이 「울타리」는 책을 접고 스마트 폰에 빠진 독자를 지키자는 목적으로 만든 것입니다. 이런 운동은 문공부나 출협 등 유관 기관에서 해야 할 일이지만 출판인으로 일생을 살아온 나는 이렇게라도 하지 않을 수가 없어서 메마른 땅에 씨를 심는 심정으로 울타리를 치고 있습니다.

이 귀여운 책자를 품고 자투리시간에 읽으시면 지식도 얻고 출판문화 발전에도 기여가 될 것입니다.

어른 아이 남자 여자 백발노인 너도나도
스마트 폰 품에 안고 자나 깨나 손 못 놓네
책으로 세운 출판문화 핸드폰에 무너진다!
발행인 심혁창

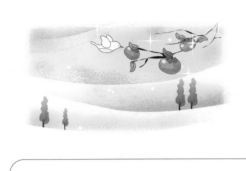

<u>   </u>　년　　월　　일

<u>   </u>　　　　님께

<u>   </u>　　　드림

목차

머리말
3 ····· 드리는 말씀 / 심혁창
나라 사랑
8 ····· 일본대학생들의 박정희 관 / 장진성 교수
항일운동사 (6)
13 ····· 삼천(三千) 장군의 역사 / 최용학
참 애국
26 ····· 북한 사람이 본 김일성과 박정희
31 ····· 청암(青巖) 박태준
미담
45 ····· 바보 같은 삶 빛이 되는 삶
고마운 외국인
50 ····· 호머 헐버트(한국명:轄甫)
좋은 이웃
53 ····· 조분순 칼국수와 무량심
이진호 시인의 韓國文學碑巡禮 (3)
57 ····· 풀 / 김수영
작고시인 명시감상
60 ····· 윤동주 서시 / 박종구
현대작가 마당
시
63 ····· 벚 꽃 / 김소엽
64 ····· 풀잎의 노래 1
66 ····· 홍매화 꽃눈 뜨다 / 이소연
68 ····· 학교 개나리 울타리 / 벽암 이상인
69 ····· 개나리 울타리 / 심혁창
스마트소설
70 ····· 그놈이 이놈이여? / 백혜숙

수필
74…… 늙도록 배워야 할 우리말 남의 말 / 이주형
80…… 고시조 감상
특집 • 명랑 풍자소설
83…… 하필 허당에 빠진 국자 / 심혁창
독후감
107…… 구국의 별 강감찬 장군 / 최강일
시계 명작 감상
112…… 꽃들에게 희망을 / 조신권
전래 민속
126…… 어머니 여한가(餘恨歌)
외국인의 한국관
130…… 2040년 세계를 주도할 네 나라
일화
135…… 줬으면 그만이지
명작 읽기
140…… 홀로코스트(6)
6.25전쟁 수난기
147…… 인민군 소굴로 간 피란 / 이동원
외래어
161…… 많이 쓰이는 외래어(3) / 이경택
한자상식
172…… 틀리기 쉬운 비슷한 한자
독자 마당
174…… 하마비(下馬碑) / 황선칠
사자성어
180…… 남곡서예와 성어풀이 / 이병희

일본대학생들의 박정희 관!

장 진 성 교수 -

도쿄 신주쿠에 있는 한국 음식점에서 어제 밤 일본 대학생들과 장시간 대화할 기회를 가졌다.

한국말을 잘하는 그들 때문에 우리는 서로 교감할 수 있었다. 국제외교정치를 전공하는 그들은 연세대와 고려대 유학 경험도 가지고 있었다.

북한이 해안포를 발사하면 그 소리가 한국에서보다 더 크게 들리는 나라가 바로 일본이다. 그만큼 안정된 질서와 기나긴 평화에 체질화된 일본인들이어선지 분단 상황이면서도 드라마틱한 이웃의 한국 현대사에 대한 관심이 상당히 컸다.

나는 한국 역사에서 가장 존경할 만한 인물이 누구냐고 물었다. 그러자 그들은 놀랍게도 일제히 박정희! 라고 합창했다. 한국 대학생들에게서도 잘 듣지 못한 말을 일본 대학생들에게 듣는 순간, 전

율 같은 감동이 솟구쳤다. 그들은 우선 박정희 대통령의 가장 큰 장점을 '청렴함'이라고 했다.

미리 준비하고 서거한 것도 아닌데, 총에 맞아 급사했는데도 자기와 가족을 위한 비자금이 전혀 발견되지 않았다는 것이다. 그러면서 과거에 일본이 3억 달러를 원조했을 때도 필리핀이나 다른 나라 대통령들 같은 경우는 그 돈을 횡령하여 혼자만 부자가 된 반면, 박대통령은 고스란히 국민을 위한 경제개발에 돌렸다는 것이다.

나는 어설픈 상식으로 김일성은 세습권력을 위한 독재를 했다면 박정희 대통령은 경제개발을 위한 독재를 했다며 분단시대의 두 장기(長期) 체제를 비교했다.

그러자 우리나라에선 개발독재라는 표현도 일본 대학생들은 개발독선(獨善)이라고 했다. 박대통령이 비록 밀어붙였지만 결국은 옳지 않았느냐며 오히려 그때 고속도로를 반대했던 이른바 민주투사들이란 사람들이 과연 역사 앞에 진실했냐고 반문하기도 했다.

전기를 아끼느라 청와대 에어컨을 끄고 부채를 들었던 사실이며 서거 당시 착용했던 낡은 벨트와 구두, 화장실 변기에 사용했던 벽돌까지 그들은 박 대통령 일화를 참으로 많이 알고 있었다.

누구에게 들었는가 물었더니 박대통령을 연구하기 위해 자료를 찾던 중 '조갑제 닷컴'에서 출판한 박정희 전기를 모두 읽었다는 것이다.

나는 그때 우리 한국 대학생들 중13권에 이르는 그 방대한 전기를 끝까지 읽은 학생이 도대체 몇이나 될까 하고 속으로 생각해 보았다. 그들은 박정희 대통령 덕에 살면서도 그 위업을 경시하는 한국의 현대사를 편향된 일방적 민주주의라고 규정했다. 잘한 것은 잘했다고 평가하는 것이 솔직한 역사 인식이 아니겠는가. 그런데 한국은 민주화의 역사만을 정당화한다고 했다.

한강의 기적이라고 자처하면서도 정작 한강에는 그 상징물이 없는 나라이다. 박정희 대통령 동상을 그 자리에 세우는 것이 바로 역사정립이고 후대의 예의가 아니겠냐며 한국은 일본의 과거를 자꾸 문제 삼는데 우선 저들의 현재부터 바로 세우라고 비판했다.

만약 박정희 대통령 같은 인물이 먼 옛날이 아니라 우리 부모 세대에 일본을 구원했다면 자기들은 우리의 가까운 역사로 자부심을 가지겠지만 한국 젊은이들은 그렇지 않다며 매우 이상해했다. 그러면서 한국에 있을 당시 한국 대학생들과 박정희 대통령에 대해 논쟁했던 이야기를 했다.

한국 대학생들이 생각하는 박정희는 독재자일 뿐이고 왜 독재를 하게 됐는지, 그 결과가 과연 옳았는지에 대해서는 전혀 설명도, 분석하려고도 하지 않았다고 했다. 마치 그들의 주장은 논리에 근거한 것이 아니라 사고의 형식과 틀에 의존한 교과서 같았다.

박정희를 부정하면 마치 민주화 세대인 것처럼 자부하는 그들을 보니 아직도 민주주의를 모르는 나라라는 생각이 들었다는 것이다. 그들은 광우병 촛불시위에 대해서도 웃음으로 비판했다. 이념이나 국민건강 문제에 대한 우려를 떠나 시위자들의

11

사회적응 심리부터가 잘 못됐다는 것이다.

일본은 어디 가나 스미마셍으로 통한다. 남에게 불편을 줄 때는 물론, 부를 때도 미안하고 죄송하다는 강박관념에 사로잡혀 있다. 그래서 미안하지 않기 위해 거리에 담배꽁초를 함부로 버리지 못하고 공동장소에서 큰소리로 말하지 못하며 자기 집 앞은 깨끗이 청소한다는 것이다.

그런데 한국의 잦은 시위들을 보면 남들에게 불편을 끼쳐서라도 자기들의 뜻을 반드시 관철하겠다는 잘못된 국민정서의 결정판이라는 것이다. 그것이 용인되는 사회, 아니 법치에 도전해도 된다는 시민의식이 바로 한국의 대표적인 후진성이라고 했다.

우리는 마지막으로 일본의 한류열풍에 대한 이야기로 즐겁게 술잔을 나누었다. 나는 한국에 대한 애정으로 박정희 대통령을 존경할 줄 아는 일본 대학생들을 위해 오늘 밥값은 내가 내겠다고 했지만 그들은 더치페이가 민주주의라며 각자 지갑을 열었다. ☆ 김진성 교수님 글이 매우 좋아 실었사오니 양해 바랍니다.

삼천(三天) 장군의 역사

최 용 학

이번에는 아직까지 잘 알려지지 않았던 삼천(三天) 장군과
관련된 독립운동의 역사를 간단하게 정리하였다.

삼천장군(將軍)은, 그 이름 중에 '天'자 가 들어
있었던 독립운동가 3분을 독립운동 당시에 느꼈던
주위의 많은 사람들이, 세 분을 존경하는 뜻으로
호칭했다고 전해진다.

이분들은 김경천(金擎天), 이청천(李靑天) 장

군과 신팔균(申八均) 장군을 말했는데, 신팔균 장군은 호(號)를 동천(東天)이라 했던 분으로서, 이 세 분을 삼천장군(三天將軍)으로 추앙 했다고 전한다.

그래서 이번에는 이분들의 독립운동 공적을 간단히 살펴보았다.

먼저 김경천(天) 장군은 같은 이름의 독립유공자도 3분이 있었는데, 다른 한 분은 같은 연세였지만 한자가 다른 김경천(金景天) 선생으로 국내에서 계속 젊은이들의 교육에만 치중하면서 민족교육에 전념 했던 분이었다.

그리고 또 다른 한 분은 역시 한자가 다른 김경천(金天) 선생으로 충남 홍성 출신인데, 3.1만세 운동을 주도하면서 많은 활동을 했던 분이었기에, 이번에는 이름이 같았던, 다른 독립유공자 두 분의 공적도 간단하게 알려드린 것이다.

그런데 3천장군(三天將軍) 중 한 분이신 김경천(金擎天) 장군은 1888년에 서울에서 태어나신 분으로, 다른 이름은 김광서(金光瑞 & 應天, 慶天)였는데, 만주와 연해주 등지에서 독립군을 이끌며 평생을 침략자들을 물리치기 위해 싸우신 분이었기 때문에, 연해주로 이동하면서 경천(天)으로 개명하였다는 내용 등. 자신의 경험담도 보도되었었다고 한다. 이러한 김경천은 일본에서 육군사관학교를 졸업하고 일본군 장교로 복무1919년에 동경에서 2.8독립선언이 있자 민족적인 의분을 느끼고 독립운동에 투신할 것을 결심하게 되었던 분이었다. 그래서 1919년 6월 6일에 일본군 장교였던 분이 일본을 탈출해서 국내로 들어왔으며 바로 이청천 장군과 함께 만주로 망명을 결행하게 되었던 것이다.

이후 만주에서는 안동현(安東縣)에서 독립운 동단체인 대한독립청년단에 가입해서 독립군으로 활

김경천 장교 실태(서론, 통보)

동하였다.

이러한 단체에서 계속 독립운동에 집중했던 김
경천 장군은 더욱 효율적인 독립운동을 전개하기
위해서 당시 유하현(柳河縣)에 있던 신흥무관학교(新
興武官學校)를 찾아가 교관으로도 활동했다고 한다.

그러다가 무장투쟁에 필요한 무기를 확보하기

김경천 장군 후손들의 귀국 기념사진(2015. 8)

위해서 북간도를 경유하여 블라디보스톡으로 망명
했으나, 그곳에서도 침략자들의 시베리아 출병으
로 인하여 활동이 어려웠던 시기였다.

이에 당시 산림지대였던 수청지역으로 이동해서
몸을 숨기게 되었다고 한다. 그런데 수청지역에서
도 일제의 조정을 받던 중국계 마적들이 수시로 출

몰해서 한인들을 괴롭히고 있었다. 이에 장군은 여러 가지 어려움에 빠지 있던 동포들을 구하기 위해서 의용군을 모집해 마적들을 소탕하기 위해서 적극적으로 나서게 되있다.

이렇게 큰 업적을 쌓은 후에는 가까운 올기군에서 3백여 명에 달하는 통합빨치산 부대가 조직되자. 그 부대를 지휘해서 당시 수정지역에 있던 백군 까벨 부대와도 전투를 치렀으며, 또한 까르푸크 마을의 치열한 전투에도 참전했을 뿐만 아니라, 수청의 다우지미에서도 계속 활동했으며, 1921년 초에는 수청의 고려의병대에도 초빙되어 군대의 총책임자로 활동하기도 하였다. 이렇게 수청지역에서도 여러 가지 군사 활동에 많은 노력을 했던 분이었다.

이후 1921년 8월에는 러시아 참모부의 지령에 따라 도비허로 이동하게 되었으며, 9월에는 러시아 유격대 셉첸꼬 부대의 제안으로 의병대의 일부를 올가항에 보냈으며, 다른 대원들은 아누치노로 이동하였다고 한다. 그리고 나머지 대원들은 올가항과 후청의 뜨 레치푸진과 수주허에 주둔하기도

17

했던 것이다. 또한 10월에는 러시아 군과 연합해서 수청에 주둔했던 적을 공격하기도 하였다.

이렇게 계속 활동하다가 적에게 패하여 침략자들의 추격을 받게 되자, 장군은 이만지방으로 이동하였으며, 1922년 초에는 백군과도 전투를 벌이게 되었다고 한다. 그리고 이러한 러시아 군과 연합해서 이만을 점령하기도 했다고 한다.

이어서 1922년 3월에는 러시아 군과 함께 약 콜리카를 공격하였는데, 러시아 군이 우수리스 크로 쫓겨나게 되자, 장군은 일제의 경계선을 넘어 추풍역으로 돌격하게 되었다고 한다. 장군이 이렇게 침략자들을 물리치는 여러 전투에서 승리를 계속하게 되자, 1922년 7월에는 연해주의 러시아 혁명군사위원회가 장군을 뽀시에트 군사구역의 조선부대 사령관으로 임명했다고 한다.

그런데 1922년 말 일제 침략군이 시베리아에서 철수하게 되자, 12월 말에는 '조선인 유격 연합대 해산 및 국민전쟁 참가자 귀가'에 대한 우보레비츠 총사령의 명령이 내려왔다고 한다. 또한 공산세력인 러시아군은 그 당시까지도 계속 동맹군이었던 한국 독립군에 대해 무장해제도 요구하였다.

그래서 장군도 실의에 빠져 있었는데, 이러한 때에 상해(上海)에서 독립운동 단체들이 모두 모여 재기를 모색한다는 소문이 퍼졌다.

이에 장군은 1923년 2월에 상해로 가서 국민 대표회의에 참석하였다. 그러나 이 회의에 참석한 인사들이 항일운동에 대한 뚜렷한 의지가 나타나지 않자 크게 실망해서, 1923년 4월에는 다시 블라디보스톡으로 돌아와서 구로지코 부근에 무관학교 설립을 추진해 왔다고 한다.

당시는 교통이 어려운 시기였기 때문에 이렇게 옮겨 다니기도 쉽지 않았지만, 장군은 조금도 굴하지 않겠다는 신념으로, 이렇게 먼 거리를 많이 옮겨 다녔던 것이다. 이어서 9월에는 뽀시에트로 이동 중에 시지 미촌에서 백군과 전투를 전개하였는데, 장군의 지휘로 기마공격을 감행해서 승리하였다고 한다.

이후 1923년 5월에 다시 만주로 돌아온 많은 분들과 함께 러시아와 중국 국경지방에 있던 여러 항일운동 단체들의 통일을 계획하고, 대원들의 모집과 무기 수집에 진력해서, 침략자들의 후퇴가 이루어지기 전에 고려혁명군(高麗 革命軍 : 일명 韓國革命軍)을 조직하였다고 한다.

당시 이러한 고려혁명군의 총사령관은 김규식 장군이 추대되었는데, 참모장 고평(高平), 부관 최해(崔海). 기마사령 이범석(李範奭)장군 등, 유명한 독립군들이 함께 참여했으며, 소재지는 추풍(秋風) 지역이었는데, 김경천 장군은 동부사령관을 담당했으며, 본부는 장군의 근거지였던 수청재역에 두었었다고 한다 .

이 고려혁명군의 총사령관을 맡았던 김규식(金奎植) 장군은 양주(楊州) 출신으로 미국에 유학해서 철학박사 학위를 받고 귀국했다가. 1913년에 중국으로 망명했던 분이다.

이후 1918년에 신한청년당(新韓靑年黨)이 조 직되자 이에 가입해서 활동하였으며, 1919년 2월에는 파리강화회의에 한국 대표로 참석하기도 하였고, 같은 해 4월에는 대한민국임시정부가 수립되어 외무총장에 피선되자, 파리강화회의에 '한민족의 일본으로부터의 해방과 한국의 독립국가로 의 복귀

에 관한 청원서'를 제출해서, 일제 침략의 악랄함
과 한국 독립의 필연성을 호소하였다.

그리고 같은 해 8월 6일에는 외신기자 클럽에
80여 명의 유력인사가 초청된 가운데서, 한국독립
의 타당성과, 일제 침략의 흉악성을 폭로하는 등 5
개월 동안 계속 세계여론에 호소하다가, 동년 8월
에는 미국으로 건너갔다고 한다.

그리고 이 부대의 참모장이던 고평(高平)장군은
1919년에 만주로 건너와 용정에서 3.13 독립만세
운동을 주도했던 분이며, 당시 연해주에서 거행된
신국민대회(新國民大會)에도 참가하였고, 이후에는
다시 연길현(延吉縣)에서 의군부(義軍府) 참모장으로
도 활동했던 분이다.

그리고 1920년 8월에는 일제에게 매수된 중국
토군(土軍)이 습격하게 되자, 150여 명의 독립군과
함께 노야령에서 토군을 격퇴하고, 일군에게도 큰
타격을 주었던 분이다.

이후 청산리대첩 후에는 연해주로 건너갔다가.
자유시참변 후에 다시 연길로 돌아와서 대한국민
회(大韓國民會)에 참여하여 계속 활동한 분이다.

그리고 1923년 5월에는 고려혁명군(高麗革命)을 조직해서 김규식(金奎植) 장군을 총사령관으로 추대하고 참모장으로 항일운동에 참여했으며, 이후에는 재만동지회(在滿同志會)를 조직해서 이주 한인들의 정착을 위해 노력한 분이다.

그런데 이렇게 평생을 독립운동에 목숨 바쳐 모든 노력을 다했던 분인데, 광복 후에는 국내에 귀국했다가 북한으로 납북(拉北)되었다고 하는데, 이후의 행적은 아직도 확인하지 못하고 있는 분이라고 한다.

그리고 부관 최해(崔海) 장군은 1915년에 신흥무관학교를 졸업한 분으로, 군정부(軍政府), 흥업단(興業團) 등에 가입해서 활동하였으며, 이후에는 김좌진(金佐鎭) 장군이 이끄는 북로 군정서 여단장으로 청산리독립전쟁에서 큰 전공을 세우신 분이었다.

이후에도 연길(延吉)에서 김규식 사령을 보좌해서 고려혁명군부관으로 계속 활동하였으며, 1931년 이후에는 길림성(吉林省) 등지에서 대종교(大倧敎)를 믿으면서, 재만 한인들에게 민족의식을 고취시키는 등 많은 활동을 계속했던 분이었다고 한다.

당시 고려혁명군의 기마사령이었던 이범석 장군은 신흥무관학교 교관으로도 복무했으며, 이후에는 이시영(李始榮), 김경천(金擎天) 장군 등 많은 분들과 함께 청산리독립전쟁(靑山里獨立戰爭)도 함께 승리로 이끌었던 북로군정서(北路軍政署)의 연성대장으로서, 수천 명의 침략자들을 처단한 유명한 독립군 장교였기에, 이번에는 간단하게 중요한 경력만 알려드린 것이다. 그리고 이후에는 우리나라가 광복될 때까지 임시정부에서, 그리고 광복군으로도 계속 활동한 분이었다.

이렇게 평생을 나라를 찾기 위해 목숨을 걸고 계속 싸웠던 분이, 광복 후에는 국내로 귀국해서 대한민국 정부 수립에도 크게 기여를 했던 분이었는데. 1972년에 70대 초반의 연세에 별세하였기에, 그나마 다른 독립군들보다는 많이 알려진 분이었던 것이다.

그리고 이러한 분들과 함께 여러 가지 독립운동을 계속 추진하던 김경천 장군은 1924년 3월에는 한족 군인구락부를 조직해서 본부를 블라디보스톡에. 그리고 지부는 니콜리 스크에 두는 등 활발한 활동을 계속하였다고 한다.

그러나 이러한 활동도 당시 러시아 당국의 한 인정책과 노령 출신 2세들과의 갈등도 심해져서 결국 쇠퇴하고 말았다고 한다.

이후 1925년 3월에는 김좌진, 김혁(金赫) 장군 등과 함께 군인 양성을 위해서 만주 영안현(寧安縣) 에서 신민부(新民府)를 조직하였으며, 목릉현 소추풍 (穆陵縣 小秋風)에 성동사관학교(城東士官學校)를 설립 해서 많은 인재를 양성하기도 했다고 한다.

이렇게 많은 활동을 계속하던 김경천 장군은 다 시 연해주로 돌아와, 1930년대 전반까지 주로 블 라디보스톡에서 한족 군인구락부를 조직해서 산산 이 흩어진 항일역량을 되살리고자 노력하였다.

그러나 소기의 성과를 이루기 어려워서, 실의에 빠져 많은 날들을 보내다가, 당시 블라디보스톡에 있던 극동고려사범대학에서 군사학과 일본어를 가 르치기도 했다고 한다. 그러나 장군은 이후에 소련 정부에 의해서 옥고를 치르고, 강제 노동수용소에 수감되는 등 많은 고초도 겪었다고 한다.

이렇게 평생을 나라와 민족을 구하기 위해 항일

투쟁에 전념하던 김청천 장군은 안타깝게도 60세
도 안 되었던 1942년에 이 땅에서 별세 하신 분이
다. 그런데 이러한 김경천 장군의 후손들은 광복
후에도 모국에 돌아오지 못하고, 외국에서 어렵게
살고 있다가 1995년에 당시 김현웅 법무부 장관의
아량으로 11명의 후손들이 어렵게 귀국했다고 한
다. 이번에는 당시 이러한 후손들이 어렵게 귀국해
서 함께 촬영한 기념사진이 남아 있기에 간단 히
알려드리게 되었다.

최용학

1937년 11월 28일, 中國 上海 출생(父:조선군 특무대 마지막 장교 최
대현), 1945년 上海 第6國民學校 1학년 中退, 上海인성학교 2학년 중
퇴, 서울 협성초등학교 2학년중퇴, 서울 봉래초등학교 4년 중퇴, 서울
東北高等學校, 韓國外國語大學校, 延世大學校 教育大學院, 마닐라 데라살
그레고리오 아라네타대학교 卒業(教育學博士),
평택대학교 교수(대학원장 역임) (현) 韓民會 會長

북한 사람이 본 김일성과 박정희

나는 북한 내각의 경공업분야에서 종사했던 사람으로서 남북한의 서로 다른 경제 발전에 관심이 많았다.

특히 한반도처럼 원유가 한 방울도 안 나오고 경공업의 주원료인 생고무와 목화가 전혀 생산되지 않는 형편에서 다량의 생활필수품을 생산 공급하는 한국은 최고의 관심사였다. 사실 한반도 백성들이 선조로부터 대대로 물려받은 것은 배고픔과 헐벗음뿐이다.

그런데다 1945년 해방 후 북쪽은 사회주의 공동체로, 남쪽은 자본주의 길을 걷기 시작하여 어언간 80여년 세월이 흘렀다. 그런데 한반도 남쪽은 아무것도 없는 맨땅에서 이제는 국민들이 너무 잘 먹어서 살을 빼려고 날마다 산으로 오르는 부유한 나라다. 반대로 북한은 백성들은 너무 배가 고파서 허기진 배를 안고 풀뿌리를 캐려 산으로 오르는 거지의 나라가 되었다.

그러니 국민에게 '쌀밥에 고깃국을 먹여준다.'고 약속한 김일성의 유훈을 지키려고 뛰어다니던 이 경제 전문가의 눈이 뒤집히지 않을 수가 있었겠는가?

"도대체 남조선 놈들은 지하자원도 없고, 일제로부터 물려받은 경제기초도 없고, 인구는 북한보다 2배 이상 많고, 독재자 박정희는 탱크로 판잣집을 다 밀어버리고 백성들을 한지로 내쫓았고, 경제는 남의 나라 원료에 의존하는 절름발이식 매국경제를 건설했고, 미국과 일본이라는 갓끈에 매달려 겨우 살아가는 한심한 나라라고 귀가 터지도록 노동당의 선전을 들었는데!"

외국에 나갈 때마다 비행장에서부터 길거리와 상점들까지 남조선 상품이 없는 곳이 없더라. 외화를 벌어보려고 어린 아가씨들을 끌고 유럽과 동남아 나라들을 나가 보니 그 나라 사람들은 오히려 돈을 벌려고 남조선으로 가겠다고 한글을 배워 달라고 나를 쫓아다니더라. 그러니 자존심 강한 북한

놈인 내가 팔짝뛰고 죽을 일이 아니겠는가? 어디다 대놓고 남조선 놈들은 도대체 뭔 재주를 부려서 그렇게 빨리, 그렇게 잘살게 되었는지를 물어 볼 수도 없으니 말이다. 그래서 '백문이 불여일견'이라는 말을 믿고 가족을 끌고 비자도 없이 한국으로 날아들었다.

나는 한국에 와서 비뚤어진 인간들의 생각을 써갈긴 책은 안 보았다. 포스코 강철공업 단지, 원유가공 단지, 반도체 단지, 조선업단지, 자동차 생산기지 모두 내 눈으로 직접 보았고 내 귀로 '이것도 그리고 저것도 박정희 시대에 건설했다.'라는 사실을 직접 보고 들었다.

나는 수십 년간 국가경제분야에 종사하면서 나름대로 세계굴지의 공업단지들도 다녀보았지만 한국의 공업단지들처럼 현대적이고 아름답고 깨끗하고 미래지향적인 것은 처음 보았다. 북한사람이 적국의 것을 보면서 민족의 긍지가 그렇게 뿌듯함을 느낄 줄은 몰랐다. 그러면서도 한쪽 가슴은 슬프고 분노가 일어나더라.

한날한시에 해방되어서 똑같은 출발선을 떠난 남과 북인데 어찌하여 내 조국 북한은 굶어죽는 나라가 되고 남쪽은 배부른 나라가 되었는가? 나는 내 눈으로 직접 보고야 느꼈다. 박정희가 옳았다. 김일성이는 틀렸다. 북한 백성은 거지가 됐고 남쪽 백성은 세계의 부자가 된 것이 누구도 부정할 수 없는 그 증거다.

물론 북한에도 큰돈을 들여서 80여 년 동안 만들어 놓은 것이 참 많다. 전국의 명산마다 바위에 김일성, 김정일의 이름 새기고, 백두산, 왕재산 등 전국의 곳곳에 세계최고의 우상화 창작물들을 세우고, 수만 개의 김일성의 동상 세우고, 김정일의 가짜 고향도 만들고, 전국에 사적관과 혁명사상연구실 수십만 개, 경치 좋은 곳마다 김일성 김정일 특각들, 충성탑과 교시 비는 수만개, 전국의 공장과 농장마다 수령을 위한 8-9호 직장을 만들고, 병원도 수령님의 병원, 화폐에도 김일성 초상화. 더 말을 말자.

그런데 한국인들 중에는 박정희가 아니라 국민

이 잘해서 잘 산다고 억지를 쓰는 자들이 있다. 그런 식이면 북한은 김일성이는 잘했는데 북한 국민들이 게을러서 굶어 죽었다는 소린가? 이 탈북자가 한국 국민에게 당당히 말한다.

"만약 북한 국민에게 박정희라는 지도자를 주었더라면 북한은 몇 십 년 전에 한강의 기적이 아니라 G2 국가의 기적을 이루어냈을 것이다."

세상에서 제일 강하고 재간 좋고 근면한 북쪽 국민들에게는 어찌하여 김일성 같은 인간을 내려서 굶어죽게 만들었고 자기들끼리 물고 뜯고 정치 야심만 가득하고 은혜도 모르는 한국인들에게는 왜 박정희라는 인물을 내려서 이리도 잘살게 만들었는가? 하늘이 참으로 무심하도다.

(2023-01-19 김태산 전 체코주재 조선무역회사 대표)

빛나는 애국자

청암(靑巖) 박태준

포항제철 회장은 오늘의 대한민국을 만든 국가 건설자(state-maker)입니다. 1927년 경남 동래군에서 태어난 그는 아버지를 따라 6세에 일본으로 건너가 초중고교를 다녔고 와세다대 공대 2학년 재학 중 해방을 맞아 중퇴·귀국했습니다.

육사 6기로 임관한 그는 6.25 전쟁 당시 경기 포천지역 1연대 중대장이었습니다. 군에서 충무무공훈장·화랑무공훈장을 받았고 육군대학 수석 졸업 후 최연소 육사 교무처장, 1군 참모장 등을 지냈습니다.

한국 현대사에서 권력·富의 중심

34세이던 1961년 국가재건최고회의 의장 비서실장을 맡은 그는 이후 50년 동안 요직(要職)을 맡았습니다.

육군 소장 예편→대한중석 사장(3년)→포항종합제철 사장·회장(25년)·명예회장→민정당 대표·민자

당 최고위원·자민련 총재·4선 국회의원→국무총리

누가 봐도 한국 현대사에서 '권력과 부(富)의 중심에서 누릴 수 있는 걸 다 누린 인생'의 전형입니다. 흔히 부패 인사, 독재자 같은 비난을 받기 십상입니다. 그런데 '민족문학작가회의' 고문을 지낸 좌파 진영 소설가인 조정래씨는

'박태준은 한국의 간디이다. 나는 그의 이름에 마하트마를 붙여 '마하트마 박'으로 부르고 싶다'고 했습니다(2011년 12월 17일 서울 현충원 영결식장).

한 사람의 일생이 '성(聖)스러운'이라는 뜻의 '마하트마(Mahatma)'로까지 칭송받는 것은 여간 일이 아닙니다.

박태준 회장(이하 청암으로 호칭)에게 어떤 남다른 측면이 있는 걸까요? 통상대신(通商 大臣) 시절 포항제철을 방문했던 나카소네 야스히로 전 일본 총리의 회고입니다.

"내가 가장 인상 깊게 느낀 것은 종업원들이 너나 없이 마음으로부터 박태준을 따르고 있다는 것이다. 나는 도저히 표현할 수 없는 감명을 거기서 받았다."

용광로 같은 애국심과 도덕성.

이는 청암이 자신의 좌우명(座右銘), 즉 '짧은 인생을 영원(永遠) 조국에'에 철저해 탁월한 업무 능력과 강력한 도덕성 없이는 나올 수 없는 평가입니다. 그는 실제로 1964년 12월 국영기업체인 대한중석 사장을 맡은지 1년 만에 만년적자(萬年赤字) 회사를 흑자로 전환시켰습니다. 보통 4~5년 걸리는 종합제철소 건설 작업을 제철소 구경조차 한 적 없는 38명과 함께 착공 3년 3개월만에 마쳤습니다.

조업 첫 해인 1973년 포항제철은 매출액 1억달러·순이익 1200만달러를 냈습니다. 가동후 50년 가까이 적자였던 일본 동종 업계와 비교하면 '기적'적인 일입니다. 포항제철은 세계 철강사에서 제철소 가동 첫해부터 이익을 낸 유일한 기업입니다.

청암은 제철소 공기(工期) 단축을 위해 하루 24시간 작업을 지시해 놓고 자신도 매일 3~4시간 잠 자며 현장을 챙겼습니다. 1968년 포항제철 출범부터 1992년 광양제철소 2기 완공까지 그는 대부분의 시간을 가족과 떨어져 포항 효자동 사택과

33

회사에서 지내 '효자사 주지스님'으로 불렸습니다.

그는 '솔선수범'하는 경영자인 동시에 '무사욕(無私慾)'의 리더였습니다. 피와 땀을 쏟아 창업하고 성장시킨 포스코에서 25년 만에 물러날 때, 그는 한 주의 공로주(功勞株)는커녕 퇴직금 1원도 거부했습니다. 1988년 포항제철 임직원 1만9419명에게 전체 발행 주식의 10%를 우리 사주(社株)로 배정했을 때도 같았습니다. 명예회장으로 복귀한 뒤 "노후를 생각해 조금이라도 스톡옵션을 받으시라"는 주변의 권유에 그는 "포항제철은 선조의 피로 세운 회사이다. 공적인 일을 할 때 사욕을 갖지 말라!"고 일갈했습니다.

주식·퇴직금 '0원'...73세에 전셋살이

"청암의 도덕성은 무서울 정도였다. 그분의 리더십 근간은 청렴결백이었다"(황경로·포스코 2대 회장)는 증언 그대로입니다. 인사 청탁과 금품 주고받기(授受)가 난무하던 1956년 11월, 그는 세칭 '노른자위' 자리인 국방부 인사과장이 됐습니다. 그러나 청암은 유혹 및 압력과 싸우다가 10여개월만에 25사단 참모장 근무를 자원해 갔습니다.

포항제철 사장 시절 아버지가 "문중 사람들을 좀 써주면 안 되겠냐"고 하자, 청암은 그대로 방을 나와 회사로 돌아갔습니다.

1962년 박정희 국가재건최고회의 의장이 준 하사금을 합쳐 서울 북아현동에 집을 마련하기까지 그는 8년 새 15번 전셋집을 전전했습니다. 38년간 살던 집을 2000년에 팔아 생긴 돈 14억 5000만원 중 10억원을 아름다운 재단에 기부하고 73세에 다시 전세살이를 했습니다.

그가 사후에 남긴 재산은 전무했고, 말년에 생활비와 병원비는 자녀 5명(4녀 1남)의 도움으로 해결했습니다. 청암을 다룬 평전 〈세계 최고의 철강인 박태준〉의 저자인 이대환 작가는 이렇게 평가합니다.

"단군 이래 최대 프로젝트였던 포항제철 25년 동안 박태준은 한 푼의 비자금도 만들지 않았다. 이는 누구도 찬사를 보내지 않을 수 없는,

20세기 후반 한국사에 길이 기록될 업적이다. 이거야말로 박태준의 이름을 포철 용광로만큼이나 칭송해야 할 일이다."

"천하는 개인 것이 아니다"…'멸사봉공'

'천하위공(天下爲公 천하는 개인의 사사로운 소유물이 아니라 모든 이(公)의 것). 이 한 마디는 청암의 생애를 관통하는 또 다른 정신적 기둥입니다.

1970년 포항제철에 사상 처음 6000만원의 보험회사 리베이트 자금이 생겼을 때입니다. 청암이 이 돈을 청와대로 들고 가 박정희 대통령에게 "포항제철의 예산에서 빼낸 것이 아니고 공돈이니 통치 자금에 보태 쓰시라"고 건네자, 박 대통령은 "임자 마음대로 써라"며 돌려주었습니다.

청암은 그러나 이 돈을 허투루 쓰지 않았습니다. 거기에다 회사 돈을 더 보태 임직원 자녀들을 위한 제철장학회를 세웠습니다. 이렇게 세운 학교만 포항과 광양에 모두 27개입니다. 한국 기업 최초로 임직원 자녀 대상 전액 대학 장학금 제도와 한국 최초의 연구 중심대학(포항공대)은 이렇게 탄생했습니다.

국영기업 최고경영자(CEO)로 30여년 재임하는 동안, 청암에게는 고가(高價)의 설비 구매나 원료 도입 결정을 둘러싼 정치 자금 협조와 인사 청탁,

리베이트 요청이 쏟아졌습니다. 하지만 그는 불법 뇌물인 정치 자금을 한 푼도 내지 않고 '정치 무풍지대'를 고수했습니다. 이는 최고 권력자인 박정희 대통령의 무한 신뢰에다가 청암의 '천하위공' 정신이 어우러진 덕분입니다.

청암이 현실과 적당히 타협했다면, 포항제철은 부실 회사로 추락하거나 적자를 걱정하는 2~3류 기업이 됐을 것입니다. 1965년 한일(韓日) 국교 정상화를 하면서 일본으로부터 받은 대일 청구권 자금 일부로 세운 '국민 기업'이라는 칭호도 퇴색했을 게 분명합니다.

장교 시절 당번병을 쓰지 않았던 청암은 통행금지를 지키다가 첫 아이를 잃었습니다. 그는 멸사봉공(滅私奉公)과 선공후사(先公後私)를 입으로만 외치지 않고 국제 가격보다 20~40% 저렴하게 양질의 철강 제품을 국내 기업들에 공급하면서 흑자 행진을 이어가는 '제철보국(製鐵報國) 경영'에 목숨 걸었습니다.

그는 회사가 위기에 처할 때마다, 그는 "우리가 실패하면 조상에게 엄청난 죄를 짓는 것이다. 그러면 모두 '우향우(右向右)'서 영일만 바다에 투신하자"
고 외쳤습니다. 불굴의 정신력으로 그때마다 새로
운 돌파구를 열어갔습니다.

1979년 박정희 서거후 청암은 "포항제철을 정치
외풍에서 지키기 위해" 정치권에 발을 들여놨습니
다. 1990년 3당 합당 후 민정계의 수장(首長·최고
위원)이 된 그는 김영삼 대통령 후보와의 불화로
1992년 말 민자당 최고위원·포항제철 회장·국회의
원직에서 모두 물러났습니다.

문민정부 출범 직후인 1993년 3월부터 4년여
해외를 떠돌던 청암은 포항제철 계열사와 협력업
체에서 약 39억원을 받은 혐의로 기소됐다가
1995년 특별사면돼 공소기각 결정을 받았습니다.
그에게도 흠결이 있겠지만 그만큼 노블레스 오빌
리주(noblesse oblige·사회 지도층에 요구되는 높은 수준의 도
덕적 책무)에 충실한 이도 드뭅니다. 소설가 조정래
씨는 다른 추도문에서 이렇게 적었습니다.

"너나없이 돈에 홀려 정신 잃은 세상에서 박태준
의 길을 따라가기란 너무 어렵고, 어쩌면 그 분은
이 시대에 마지막 애국자인지 모른다. (중략) 정직·

청렴한 그 분을 바로 아는 것은 우리들의 삶을 바르게 세우는 길이다."

성숙한 일본관...知日과 用日·克日

청암이 남다른 세 번째 측면은 성숙한 대일 자세입니다. 일제강점기에 '식민지 백성'으로서 일본에서 청소년 시절을 보낸 그에게는 '평생 잊지 못할 기억 두 개가 있습니다.

이야마 북중학교 1학년때 교내 수영대회에서 1등을 했지만 '조선인'이란 이유로 일본인 심판의 편파 판정으로 우승을 빼앗긴 일과 2차 세계대전 종전 무렵 도쿄 시내에 미군의 폭탄이 쏟아지던 날 방공호에서 겪은 일입니다.

"그때 방공호는 질서가 정연했다. 노인들, 특히 할머니들이 나섰다. '젊은이는 안으로 들어가라. 위험한 곳은 우리가 막는다. 왜 책을 들고 오지 않았느냐? 젊은이는 책을 펴고 공부해라.' 방공호 입구에 천막이 처지고 젊은이가 모인 제일 안쪽엔 두 개의 촛불이 켜졌다."

청암은 "1등을 뺐겼을 때 가슴 속이 끓었지만 참고 다스렸다"며 "방공호에서 할머니의 질책을 들었을 땐 식민지 청년으로서 고국에 대한 책임감에 몸서리쳤다"고 했습니다. 그는 일본이 준 분노는 참고, 감동은 받아들여 조국 재건을 위한 동력으로 삼았습니다. 일본에 대한 그의 진면목은 포항제철 건설 자금 마련을 위한 협상에서 드러났습니다. 박정희 정부는 1965년부터 종합제철소 건설을 추진했고, 이듬해 11월 미국·영국·독일 등 5개국 8개 회사 연합체인 대한국제제철차관단(KISA·Korea International Steel Associates)이 발족했습니다.

KISA는 그러나 1969년 상반기 "한국에서 종합제철소 건설은 채산성이 없다"며 '최종 불가' 결론을 내리고 붕괴했습니다. 세계은행(IBRD)도 마찬가지였습니다. 한국은 제철소 건립 자금을 모을 방법이 없는 '고립무원(孤立無援)' 처지가 됐습니다.

여기서 청암은 '농림수산업 지원 용도'로 정해져 있는 대일청구권 자금을 포항제철 건설 자금으로 일부 전용(轉用)하자는 아이디어를 냈고 자신이 '해결사'로 나섰습니다. 이 제안에 완강하게 반대하던 오히라 마사요시 대장상(大藏相·우리나라의 기획재정부 장관)을 1969년 8월 1주일 동안 세 차례 만났습니다.

청암은 일본 정부간행물보관소를 찾아샅샅이 뒤져 일본 사례를 분석한 뒤 "한국에 제철소를 지으면 일본 안보에 큰 도움된다"는 논리를 설파해 설득해 냈습니다.

전 세계가 하나같이 "한국에서 제철 산업은 '절대 불가능'하다"고 할 때, "난국에 빠진 조국을 구하겠다"는 청암의 순정하고 강렬한 애국심이 일본 지도층을 감복시킨 것입니다. 그의 완벽한 일본어와 일본인의 문화적 특성과 심리를 꿰뚫는 실력도 이를 뒷받침했습니다.

당시 그를 만났던 후쿠다 다케오 전 일본 총리는 "나는 박태준의 단호함에 너무 놀랐고, 그래서 당신이라면 가능할지도 모른다고 생각했다"고 했습니다. 감정적인 반일 데모가 끊이지 않던 1960~70년대, 청암은 "일본을 알고 일본을 활용해 일본을 극복하자"는 '지일(知日)·용일(用日)·극일(克日)'의 3단계 일본관을 주창했습니다. 청암은 포항제철의 '스승'이던 신일본제철을 1990년대 추월해 그 타당성을 증명해 냈습니다.

불굴의 용기와 투지로 청암이 이뤄낸 한·일의 협력 모델은 대한민국의 진정한 산업화와 선진화를 추동시킨 출발점이었습니다. 현해탄(玄海灘·대한해협) 양쪽에 자유민주·시장경제라는 동일 가치관을 바탕으로 한국은 일본과의 긴밀한 협조를 통해 고도성장을 질주한 것입니다.

후세 경영자들에게 살아있는 교본

1978년 중국의 덩샤오핑이 이나야마 요시히로 신일본제철 회장을 만나 "중국에도 포항제철과 같은 제철소를 지어달라"고 하자, 요시히로 회장은 "중국에는 박태준이 없지 않습니까"라며 정중히 거절했습니다. 이 일화는 박태준이 한국을 넘어 최소한 아시아적 인물임을 보여줍니다.

그가 세우고 이끈 포항제철은 그의 생전에 품질경쟁력 세계 1위 철강사가 됐고, 양적으로도 1975년 세계 46위에서 3위(1989년), 1위(1997년)로 급부상했습니다. 그가 없었다면, 한국 조선·자동차·기계·건설 산업의 성장과 대한민국의 세계 경제대국으로 도약은 한낱 '꿈'에 그쳤을지 모릅니다.

철강 불모지라는 '절대 절망'에 좌절하지 않고

'세계 1등'과 '초격차 경영'을 선구적으로 이뤄낸 박태준은 "후세의 경영자들을 위한 살아있는 교본"(이병철 삼성그룹 창업주)입니다. 그는 1977년 8월 상당한 자금을 들여 공정률 80%에 달하던 건물의 부실을 발견하고 서슴없이 폭파 명령을 내렸습니다. 그러면서 "조국의 백년대계가 여기서 출발한다. 이것은 폭파가 아니라 나라의 운명을 좌우하는 기폭제다"라고 했습니다.

'현장의 선비' 한국 리더들의 '롤 모델'

청암에게서 양보할 수 없는 기준은 선조들의 핏값과 후손들의 미래라는 대의였습니다. 그렇기에 그는 어떠한 부실이나 부정·불의와 거래하거나 눈감기를 단호하게 거부했습니다. 송복 연세대 명예교수의 지적입니다.

"한국의 저명 인사들은 모두 강당에서의 선비이고, 책 속의 선비, 말 속의 선비였다. 그러나 박태준은 지(志)와 의(義), 그리고 렴(廉)과 애(愛)를 행동으로 실천한 '현장의 선비'이다."

세계 어느 나라 보다 돈에 대한 집착과 사익(私益) 추구가 심한 한국에서 청암은 국민의 사표(師表)

이자, 리더들의 롤 모델(role model)일 수 있습니다. 그가 스스로 평생 붙잡아 온 4가지 화두를 보면 더 분명해집니다.

① 짧은 인생을 영원 조국에

② 절대 절망은 없다

③ 어느 분야든 세계 1등이 되자 ④10년 후를 내다보라

2023년 올해는 마침 청암이 이 땅을 떠난 지 12년, 우리나라 최초인 포항제철 고로(高爐·거대한 용광로)에서 쇳물을 처음 쏟아낸 지 반세기를 맞는 해 입니다.(좋은 자료라 올립니다)

고마운 분 이야기

바보 같은 삶 빛이 되는 삶

누군가 여러분에게 '바보'라고 하면 어떤 기분이 들까요? 기분 나쁘고, 자존심 상하고, 불쾌할 것입니다. 그런데, 세상적으론 평생 바보라는 소리를 듣고 살았지만 많은 사람의 존경을 받았으며 바보 같은 삶이 오히려 성공한 삶이라는 말을 듣는 사람이 있습니다.

의사였지만 집 한 채 없이 평생 가난 한 사람들을 돕고 자신을 드러내지 않으며 겸손한 삶을 사셨던 의사 장기려 박사 이야기입니다.

"제가 밤에 뒷문을 열어 놓을 테니 어서 집으로 가세요." 장기려 박사는 어느 생활이 어려운 사람이 병원에 입원했다가 퇴원을 해야 하는데 돈이 없어 막막해 하고 있을 때 이를 눈치 채고는 병원 뒷문으로 몰래 빠져나가게 해주었습니다.

'이 환자에게는 닭 두 마리 값을 내주시오. - 원장'

병이 나으려면 무엇보다 잘 먹어야 하는 환자에

게 장기려 박사가 써준 처방전입니다.

서울대, 부산대 의대 교수, 부산 복음병원 원장을 지냈지만 그가 세상을 떠났을 때 그에게는 방한 칸 없었습니다. 자신의 소유를 가난한 사람들에게 다 나누어 주었기 때문입니다.

1947년, 김일성대학 의과대학 교수 겸 부속병원 외과 과장으로 부임할 때 주일에는 일할 수 없다는 조건으로 부임했고, 환자를 수술할 때는 항상 기도하고 시작했습니다.

월남 후인 1951년 5월부터 부산에서 창고를 빌려 간이 병원을 설립하고 피란민들과 전쟁 부상자들을 무료로 진료하기 시작했는데, 그것이 복음병원의 시작이었습니다.

그는 1968년 당시 100원 하는 담뱃값만도 못한 월 보험료 60원에 뜻있는 사람들과 '청십자 의료보험조합'을 설립하여 1989년 전국민에게 의료보험이 확대될 때까지 20만 명의 영세민 조합원에게 의료 혜택을 해주었습 니다. 국가보다 10년 앞선 우리나라 최초의 민간의료보험이었습니다. 사람들은 종종 그를 이렇게 불렀습니다.

바보! 그는 "바보라는 말을 들으면 그 인생은 성공한 것이다. 그리고 인생의 승리는 사랑하는 자에게 있다."라고 했습니다. 그는 철저히 청지기의 삶을 살았고, 주님만을 섬기며 겸손하게 살았습니다.

그는 평생 가난했지만 다른 사람들을 부유하게 했고, 집 한 채 없었지만 사람들에게 따뜻한 사랑을 베풀었고, 뇌경색으로 반신이 마비될 때까지 무의촌 진료를 다녔습니다. 그는 자신을 드러내기를 싫어했고, 자신이 칭송받는 것을 싫어했고, 오직 주님을 높이고 섬기기를 좋아했습니다.

그는 이웃과 나누며 가난하게 살았습니다. 아내에 대한 그의 극진한 사랑은 육체나, 환경을 초월한 영혼과 영원의 사랑이었습니다.

1950년 12월 평양의대병원 2층 수술실에서 그가 밤새워 가며 부상당한 국군장병들을 수술하고 있을 때 갑자기 폭탄이 병원 3층에 떨어졌습니다. 국군들은 모두 재빨리 철수해야 했습니다. 그 바람에 그는 사랑하는 아내와 생이별을 하게 되었고,

일평생 빛바랜 가족사진 한 장을 가슴에 품고 아내를 그리워하며 살아야 했습니다. 주변의 사람들이 그에게 재혼을 권했지만, 그는 언제나 똑같은 말을 되풀이했습니다.

"한 번 사랑은 영원한 사랑입니다. 나는 한 여인만을 사랑하기로 이미 약속을 했습 니다. 나는 사랑하는 나의 아내와 영원히 살기 위해서 잠시 그저 혼자 살겠습니다!"

그가 부인을 그리며 1990년에 쓴 망향편지는 우리의 가슴을 에는 듯합니다.

'창문을 두드리는 빗소리가 당신인 듯하여 잠을 깨었소. 그럴 리가 없지만, 혹시 하는 마음에 달려가 문을 열어 봤으나 그저 캄캄한 어둠 뿐… 허탈한 마음을 주체하지 못해 불을 밝히고 이 편지를 씁니다.'

미국에서 북한을 많이 도운 그의 제자가 북한당국과 합의하여 중국에서 장기려 부부를 만날 수 있도록 주선했습니다. 그러나 그는 기어코 그 기회를 사양하였습니다. 그런 특권을 누리면 다른 이산가족의 슬픔이 더 커진다는 이유 때문이었습니다.

그는 결국 빛바랜 사진을 보면서 아내를 그리워하다가 만나지 못하고, 1995년 12월 25일 성탄절 새벽 1시 45분 85세를 일기로 하나님의 품으로 돌아가셨습니다. 그때 한국의 언론은 '한국의 슈바이처' 또는 '살아있는 작은 예수'가 우리 곁을 떠났다고 아쉬워했습니다.

그는 어두운 밤과 같은 그 시대에 밝은 빛을 비추며 주님과 병든 사람들을 섬기면서 겸손하고 가난하고 따뜻하게 사신 분이었습니다. 그가 죽기 전에 남긴 유언은 '내가 죽고 나거든 나의 비문에는 주를 섬기면서 살다 간 사람'이라고 적어달라는 것이었습니다.

장기려 박사님처럼 바보처럼 사는 삶. 많은 사람이 장기려 박사님을 존경하고 칭찬하지만 과연 그런 분같은 삶을 살 수 있을까요?

한글을 가장 사랑한 미국인

호머 헐버트(한국명:轄甫)

생 졸 : 1863년~사망 1949년 8. 5
출생지 : 미국 버어몬트(Beaumont) 주 뉴우헤븐
직 업 : 언어학자, 시학자, 선교사
저 서 : 한국어 국문학자료 사전, 「한국사 The History of Korea」,
「사민필지」, 「대한제국 멸망사 The Passing of Korea
묘 : 양화진

호머 헐버트는 미국인으로 한국 최초의 한글학자
다. 조선 말기와 일제강점기에 국내에서 활동한 미국
감리교선교사, 교육자, 언론인, 역사연구가로 구한말
조선에 입국해 한글의 우수성을 연구 확산에 기여하
였고, 고종을 도와 대한제국 말기 국권수호를 적극
도왔으며 일제강점기 한국의 독립운동을 지원하였다.

그는 한국인보다 한글을 더 사랑하고 한글의 과학
적 창조성을 인정하고 세계에서 가장 훌륭한 글자가
한글이라는 것을 알린 고마운 선교사였다. 버어몬트
(Beaumont)주 뉴우헤븐 출생으로 1884년 다아트먼
트대학을 졸업하고 1886년 23세에 선교사로 방한하

여 한국어를 4일 동안에 터득했으며 육영공원(育英公院 'The Royal College')에서 외국어를 가르쳤다. 1886년(고종 23) 6월 소학교 교사 요원으로 초청을 받고 벙커(Bunker D.A.:방거 房巨) 등과 같이 우리나라에 들어왔다.

수업을 위해 개인교사를 고용해 한글을 배우면서 3년 만에 상당한 한글 실력을 갖추었고, 1889년 한글로 쓴 최초의 지리 교과서 「사민필지」를 저술해 교재로 사용하였다.

한글의 우수성과 과학성에 매료돼 미국 언론과 영문 잡지에 기고를 통해 홍보했으며, 「사민필지」 서문에는 당시 지배층이 한글 대신 어려운 한자 사용을 고수하는 관행을 지적하였다. 또한, 구전으로 내려오던 '아리랑'을 서양식 음계로 처음 채보해 알렸다. 1896년 서재필, 주시경 등과 함께 우리나라 최초의 민간 신문인 「독립신문」을 발간하였고, 당시 주시경과 함께 국문연구소를 설립하고 한글을 연구하며 띄어쓰기를 도입하였다.

또한 조선 말기 국권회복운동과 일제강점기 한국의 독립운동에 기여하였다. 1905년 을사늑약이 체결

되자, 고종의 특사로서 대한제국의 자주독립을 주장하는 밀서를 미국의 대통령 및 국무장관에게 전달하고자 했으나 성사되지는 못했다. 1906년 다시 입국해 영문 월간 잡지 「한국평론The Korea Review」을 창간하고 일본의 조선 침략에 대해 폭로하였다. 또한 고종에게 네덜란드 헤이그에서 열리는 제2차 만국평화회의에 밀사를 파견하도록 건의하였다. 헐버트는 한국 대표단보다 먼저 헤이그에 도착해 「회의시보」에 우리 대표단의 호소문을 싣게 하는 등 한국의 국권회복운동을 적극적으로 지원하였다.

1908년 미국에 정착한 후에도 한국에 관한 여러 편의 글을 발표하였고, 1919년 서재필이 주관하는 잡지에 3·1운동을 지지하는 글을 발표하기도 했다. 대한민국 정부수립 후 1949년 국빈으로 초대받아 한국을 방문했으나 일주일 후 병사하였다.

고국보다 한국에 묻히기 원했던 그의 유언에 따라 양화진외국인선교사묘원에 안장되었다.

1950년 대한민국 정부에서 외국인 최초로 건국공로훈장 태극장을 추서하였고, 2014년에는 한글학자이자 역사연구가로서 금관문화훈장을 추서하였다.

이웃 미담

조분순 칼국수와 무량심

 수원 권선동에 조분순 칼국수라는 이름의 식당이 있는데. 80세가 넘은 할머니가 월요일부터 금요일까지는 혼자서 쉬엄쉬엄 칼국수를 밀어 팔아 손님도 띄엄띄엄 온다. 그러나 토요일과 일요일에는 아들 내외와 대학생 손자 손녀가 와서 도와 손님이 북적인다.

 밀가루에 콩가루를 섞어 소금을 한 줌 넣어 물을 붓고 반죽 기계에 넣으면 골고루 잘 섞이면서 얇게 밀어 서너 번을 번복, 곱게 두루마리로 나오게 한다. 이 두루마리 뭉치를 국수로 뽑아 간밤에 끓여 놓은 국물 가마솥에 넣고 애호박을 잘게 썰어 넣고 긴 국자로 휘저으며 끓인다.

 국수를 그릇에 담고 김가루와 쑥갓을 고명으로 위에 얹어 쟁반에 내놓으면 평일에는 손님들이 들고 가서 먹고 여자 손님들은 빈그릇을 씻어놓고 간다. 주말에는 손님이 밀려 할머니와 아들 내외와 손자 손녀 다섯 명이 정신 없이 일한다.

53

토요일 한바탕 점심손님이 끝날 즈음이면 용주사 신도회 무량심 회장이 차에 열무와 얼갈이 고추 등을 잔뜩 싣고 운전기사와 들어온다. 그러면 아들이 작은어머니 오셨느냐고 반기며 무량심의 손을 잡고 방으로 안내한다.

수원지방법원 판사인 아들은 토요일과 일요일에는 아무리 바쁜 일이 있어도 식당에 나와 앞치마를 두르고 머리에 수건을 동이고 어머니를 돕는다. 그러지 않아도 자꾸 손님이 느는데 법원 사람들까지 가족들을 데리고 와서 주말 점심때면 난리를 치른다. 어떤 때는 손자 손녀 대학생 친구들이 몰려와서 일을 도와주기도 한다. 오늘에 이르기까지 옛날로 거슬러 올라가 보면 이렇다.

1970년, 화재로 집을 잃은 조분순 모자가 팔달문 옆에 천막을 치고 노숙을 하며 채소 좌판으로 연명할 때 용주사 신도 무량심이 권선동에 가게를 얻어주고 국수장사를 시켰고 아들 정현섭을 공부시켰다. 수원고 출신 정판사, 조할머니 국수집 아들 정현섭 판사의 소년 시절을 기억하는 사람들이 많다. 학교에서 일찍 돌아와 어머니를 도와 국수를 팔고 밤이면 수원역과 시외버스터미널 주변을 돌며 찹쌀떡을 팔던 소년이다. 소년은 야간대학을 나와 어려운 사법시험에 합격해 어머니께 기쁨의 눈물을 흘리게 하였다.

정판사는 무량심을 작은어머니라고 부르며 극진히 모신다. 이제 그만 가게를 접고 쉬시라고 정판사가 어머니께 말씀드리면 '저 보살님이 저렇게 정정하게 내 집에 와서 맛있게 먹고 가는데 어떻게 그만두느냐, 끝까지 할란다'고 하신다.

어떤 여자 손님이 칼국수 끓이는 정판사를 보고 선비같이 귀골로 생긴 사람이 고생한다며 막일하는 사람 손이 어찌 그리 고우냐고 하자 '제가 아이들이 많아 월급으로는 감당하기 어렵습니다'라고 하며 싱긋이 웃었다. 조분순 칼국수식당 앞에는 대형 옹기 단지 하나가 뚜껑이 닫혀 있고 비닐로 싼 종이 안내문이 붙어 있다. '쌀 읍는 사람 조곰씩 퍼 가시오. 나중에 돈 벌면 도로 채우시오, 조분순식당' 어머니가 쓴 글씨인데 아이들이 새로 컴퓨터로 출력해다 준다고 해도 정판사는 그냥 두라고 한다. 처음에는 오가는 사람들의 화제가 되고 퍼가는 사람도 많더니 요새는 밤에만 한두 명 퍼 간다. 하늘같은 은혜를 베풀어 준 무량심에게 국수장사 수익금으로 얼마씩이라도 갚아야 한다고 돈을 가지고 갔더니 무량심이 운전수를 시켜 '큰 단지를 식당 앞에 가져다 놓게 하고 그 돈으로 쌀을 부어놓으라'고 시켰다. 한때는 단지가 달그락달그락 바닥 긁는 소리가 날 때도 있었고 넘쳐서 옆에 봉지쌀을 놓고 가는 사람도 있었고, 김문수 도지사는 국수를 먹고 나가다 슈퍼에서 쌀 한 포대를 사서 메고 와 부어놓은 적도 있다. 참 살기 좋은 세상이 되었다. 지금은 쌀을 퍼가는 사람이 많지 않단다. 가끔씩 독 밑바닥이 드러날 때가 있는데 고약한 심성으로 퍼가는 사람이 있어도 어쩔 수 없으나 권선동 주민들이 뚜껑을 열어보고 비워 있으면 쌀봉지를 들고 와 부어놓는다. 국수 수익금으로 쌀을 채울 일이 없어진 어머니가 이제 그만 단지를 치울까 하고 무량심에게 물어보려고 한다면서 넉넉하고 좋은 세상이 이리 빨리 올 줄 꿈에도 몰랐단다. 정판사는 은퇴하면 용인에 장만해 놓은 땅에 집을 짓고 두 어머니를 모시고 살려고 계획중이란다. (아름다운 글이라 모셨습니다.)

김수영 詩碑
김수영(1926.11.27 ~1968.6.16)

풀

도봉산 자락 '풀' 시비

풀이 눕는다
비를 몰아오는 동풍에
나부껴
풀은 눕고
드디어 울었다.
날이 흐려서 더 울다가
다시 누웠다.

풀이 눕는다
바람보다 더 빨리 눕는다.
바람보다 더 빨리 울고
바람보다 먼저 일어난다.

날이 흐리고 풀이 눕는다.
발목까지
발밑까지 눕는다.

바람보다 먼저 일어나고
바람보다 늦게 울어도
바람보다 먼저 웃는다.
날이 흐리고 풀뿌리가 눕는다.

57

이 시비는 도봉산 기슭에 그의 1주기를 맞아 1969년 6월 15일 현대문학사 주관으로 건립 제막되었다. 직육면체 화강암의 비신 한쪽 면을 파내어 고인의 시 '풀'을 음각했다. 고인이 1968년 5월 29일에 마지막으로 쓴 육필시를 확대한 것이다.

제자는 배길기 씨가 썼다. 그의 원고 글씨가 너무 부드러워 은근한 맛이 나고 비양의 우축 상단에 고인의 흉상을 동판 부조로 끼워 여타 시비와는 달리 친근감이 든다. 김 시인은 서울태생으로 도쿄 상대에 입학('42)했다가 귀국. 만주 길림성으로 이주('44)하여 교원을 지냈다.

광복후 '묘정의 노래'를 예술부락('45)에 발표하였으며 김경린 박인환 등과 합동시집 「새로운 도시와 시민들의 합창」(도시문화사 '49)을 간행하여 모더니스트로서 각광을 받았다. 한때 미8군 통역 영어교사 평화신문 기자('55)를 지냈다. '56년 이후 자택에서 양계를 하면서 詩作 번역 등에 전념했다.

그의 시는 관념어를 소화하여 예술성으로 승화시킨 작품들로 강렬한 현실의식과 저항정신에 뿌리박은 새로운 시정의 탐구는 참여파 시인들의 전위적 역할을 담당했다.

김수영은 진정한 시, 자유로운 시를 쓰기 위해

노력한 시인이다. 김수영의 시에서는 우리나라 현대 시 최초로 '시적인 말'과 '일상적인 말'의 경계가 허물어진다.

활동 초기에는 모더니스트 계열의 시를 썼으나 4·19혁명 이후 현실 비판과 저항적인 참여시가 주를 이룬다. 1945년 '예술 부락'에 '묘정의 노래'를 발표한 뒤 마지막 시 '풀'에 이르기까지 200여 편의 시와 시론을 발표하였다.

1959년 처음이자 마지막 시집인 『달나라의 장난』을 간행하여 제1회 시협상을 받았다. 『거대한 뿌리』 등의 시집이 있으며, 에머슨의 논문집 『20세기 문학평론』을 비롯하여 '카뮈의 사상과 문학', '현대문학의 영역' 등을 번역하였다. 하지만, 1968년 6월 갑작스런 교통사고로 세상을 떠났다. 그의 나이 47세. '거대한 뿌리', '달의 행로를 밟을지라도' 등 2권의 시집과 산문집 '시여 침을 뱉어라' '퓨리턴의 초상' 등은 사망 후에 간행된 것들이다.

이진호

「충청일보」신춘문예, 「소년」 동시, 군가「멋진 사나이」 새마을노래「좋아졌네좋아졌어」, 동시집 『꽃잔치』 외 5권, 동화집 『선생님, 그럼 싸요』 외 한국문인협회, 국제펜 이사, 한국아동문학작가상 외 다수

작고시인 명시 감상

서시

윤 동 주
(시 감상 박종구)

죽는 날까지 하늘을 우러러
한 점 부끄럼이 없기를
잎새에 이는 바람에도
나는 괴로워했다.

별을 노래하는 마음으로
모든 죽어가는 것을 사랑해야지
그리고 나한테 주어진 길을
걸어가야겠다.

오늘밤에도 별이 바람에 스치운다.

　진리를 사랑하는 사람은 늘 바른길을 찾는다.
그 길을 찾아서 그 길에 들어서기를 주저하지 않는
다. 민족을 사랑하는 사람은 늘 민족의 미래를 내

다본다. 그 비전 위해서 늘 노래하고자 한다. 자신을 사랑하는 사람은 늘 깨어 있다. 어둠에 휩쓸리지 않기 위해서 늘 스스로를 살핀다.

윤동주 시인은 민족의 수난기에 깨어 있는 지성이었다. 그는 진리를 사랑하였다. 그래서 늘 그리스도의 삶을 우러러봤고, 그리스도의 좁은 길을 따르고자 괴로워했다. 시인은 민족을 사랑했다. 그래서 그의 노래는 절절하게 우리 가슴에 불을 댕긴다.

시인의 자기 사랑 법은 무슨 빛깔일까. 그것은 자기 부정으로부터 비롯되고 있다. 부단한 자아 성찰- 치열한 자기 탈환은 생명 있음의 핏빛 증언이다. 때로는 절규로, 때로는 투명한 몸짓으로, 때로는 나직한 모음으로, 시인의 숨결은 그래서 다사롭고 결연하다.

나는 나의 참회의 글을 한 줄에 줄이자
만이십사년일개월을
무슨 기쁨을 바라 살아 왔는가

내일이나 모레나 그 어느 즐거운 날에
나는 또 한 줄의 참회록을 써야 한다.
그때 그 젊은 나이에
왜 그런 부끄런 고백을 했든가
밤이면 밤마다 나의 거울을
손바닥으로 발바닥으로 닦아 보자

이렇듯 시인의 존재 방식은 끊임없는 자아성찰의 연속이다. 그것은 고백이요 구도며 순종이다. 절대자의 섭리 안에 있는 자아 발견 곧 인간 선언이다. 그래서 주어는 자신이 아니고 절대자에게로 승화되고 있다. 그래서 그는 별과 바람과 태양과 시의 세계로 우리를 손짓한다.

박종구

경향신문 동화「현대시학」시 등단,
시집「그는」,「처음 사랑」외, 칼럼「우리는 무엇을 보는가」,「박종구 시문학사상」외 한국기독교문화예술대상, 한국목양문학대상, 월간목회 발행인

벚 꽃

김 소 엽

하나님은
하늘의 신부들을
잠시 지상에 내려 보내
꽃이 되게 하셨다

신혼여행 하루 이틀 사흘
그 절정에서 떠나야 하는
낙화의 황홀한
사랑과 이별의 미학

풀잎의 노래 1

울려거든
살아서 울어라
살아 있음은 감격이거니
살아서 실컷 울어라
살아서 함께 우는 것도 사랑이거니
살아서 우는 것은
그래도 축복이어라

싸우려거든
살아서 싸워라
살아서 힘 있을 때 힘껏 싸워라
함께 살면서 싸우는 것도 사랑이거니
살아서 생긴 상흔도
그나마 아름다운 흔적이어라

사랑하려거든
살아서 사랑하라

살아 있음은 가장 큰 기쁨이거니
살아서 함께 호흡하며 사랑하는 것은
하나님도 미소 지을
흡족한 일이거늘
살아 있을 때 마음껏
다함없이 사랑하라.

김소엽

이대문리대영문과 및 연세대 대학원 졸업, 명예문학박사
'한국문학'에 「밤」,「방황」등 작품이 서정주 박재삼심사로
등단 현) 호서대교수 은퇴후 대전대석좌교수 재임 중
시집 「그대는 별로 뜨고」,「지금 우리는 사랑에 서툴지만」,
「마음속에 뜬 별」,「하나님의 편지」,「사막에서 길을 찾네」,
「그대는 나의 가장 소중한 별」,「별을 찾아서」,「풀잎의 노래」등 영시집 포
함 15권
* 윤동주문학상 본상, 46회 한국문학상, 국제PEN문학상, 제 7회 이화문
학상, 대한민국신사임당 상등 수상

홍매화 꽃눈 뜨다

瑞河 이 소 연

정녕 봄은 오는가
첫사랑에 눈뜨던 첫 페이지처럼
봄날은 다시 열리는가

겨우내 물길 오르던 나뭇가지
바람의 속삭임으로 조심조심 꽃 문을 연다
맨 처음 우주에 불을 댕기는 순간
꽃망울 마디마디 말씀이 피었다
파르르 떨리는 꽃 눈썹 봄 안부를 읽는다
남도 노랫가락에 몸을 실은 꽃잎마다
뜰 안 가득 꽃향기는 하늘 소식통이다

점점 멀어지는 겨울 아득한 길 위에
봉긋봉긋 붉은 입술 재잘재잘 꽃봉오리
꽃샘바람 입김에 우우 일어서는 홍매화 무리
열두 병풍 속 개화기가 봄 풍경 밀어 올린다

잎보다 꽃이 먼저
지상에 말씀으로 피어났으니
봄꽃 천지 보러 가자
꽃 마중가자.

이소연

아호 瑞可, 전북 전주출생, (사)한국문인협회 대외협력위
원, 경희문인회, 한국문인협회 구로지부, 현) 한국문학예
술 주간, 제11회 동서문학상 동시부문 수상, 제18회 겨자
씨예술제 시부문 국내 작가상, 시집 「건반 위의 바다」 외
3권 다수, 음반 '건반 위의 바다'개인 독집이 있고 주요 가곡으로 한민족
서사시, 진달래 능선, 건반 위의 바다, 단풍잎 우체통, 겨울안부, 아리수
연가, 불은 타오를 때만 꽃이 된다 외 100여 곡이 있다.

학교 개나리 울타리

벽 암 이 상 인

야! 저기 봐 언제 왔지
밤새 몰래 왔나 봐
학교 울타리
봄 손님 눈웃음
반갑다고 안녕

샛노란 꽃잎마다
병아리를 닮았네
개나리 울타리
등교 길 환할 길.

이상인

「시조생활」등단, 동인시집『여울물 』, 한국경찰문학회 운
영위원장, 시인협회 이사, 나라사랑한국문인협회 부회장,
시조생활시인협회 이사, 한국시낭송선교회 고문, 한국미술
문화협회 미술 지도사

개나리 울타리

심 혁 창

목에는 황금 목걸이
팔 둘레둘레 황금빛 팔찌
손가락 마디마디 황금 가락지

꽃마다 상큼한 황금빛 미소
봄맞이 여왕의 고고한 용태
울타리 개나리 화려한 천사.

심혁창

「아동문학세상」 등단, 장편동화 「투명구두」,「어린공주」
외 50권, 한국문인협회, 사)한국아동청소년문학협회 회원,
한국크리스천문학상, 국방부장관상, 아름다운글문학상 수
상, 한글 대표

스마트 소설

그놈이 이놈이여?

백 혜 숙

우리 아파트 '진상'이 오고 있다. 넥타이 매듭이 반쯤이나 내려와 있고 바지 밖으로 와이셔츠 자락이 삐져나온 걸 보니 또 술을 거나하게 걸친 것 같다. 아니나 다를까 아파트 입구의 경비실을 발로 찬다.

"왜요? 아저씨도 내가 그렇게 한심해 보여요? 그렇죠? 눈빛만 봐도 알 수 있어요!"

"들어가요. 어머니 기다리셔."

"울 엄마가 기다리든 말든 당신이 뭔데 이래라저래라야? 엉! 아파트 경비원 주제에."

그 녀석은 맨 정신일 때나 술로 반쯤 정신이 나갔을 때나 여전히 아파트 경비인 박 장로를 우습게 본다. 아니 경비원이 자신의 기분 쓰레기통인 듯 막말을 쏟아 부음으로 후련함을 얻는 듯하다. 대부분 박 장로는 한 귀로 듣고 한 귀로 흘려버리지만 아파트 화단에 버려져 있는 담배꽁초라도 발견하면 누가 듣든지 안 듣든지 큰 소리로 근무 태도가 엉망이라는 둥 트집을 잡을 땐 자존심에 커다란 상처를 받는다.

얼마 전 무거운 박스 여러 개를 들고 온 택배 기사에게 엘리베이터 스위치를 눌러 주고 박스를 옮기는 걸 도와주는 걸 그 녀석이 발견하곤 택배 기사가 왜 엘리베이터를 이용하게 하느냐고 따지면서 주민들에게 택배 기사가 엘리베이터를 이용해도 되는지에 대해 투표지를 돌리겠다고 한바탕 소동을 부린 적도 있다. 그 진상의 엄마라는 사람도 경비인 박 장로를 대하는 태도가 아들과 별 다름이 없다. 박 장로의 인사를 제대로 받아준 적이 없으면서도 인사를 안 하면 왜 인사도 없느냐고 따지다 아파트 인터넷 게시판에 기분이 나쁘다, 불성실 하다는 불만에 찬 게시 글을 올리곤 한다.

"여보, 무슨 일이 있나요? 왜 그렇게 표정이 어두워요?"

"아니, 별 일 없어요. 그냥 속이 좀 안 좋아요. 괜찮아요."

"말해 봐요. 내 눈은 못 속여요. 당신 그러다 병

71

나면 어떡하려고 그래요?"

이런 저런 일들을 항상 속으로 삭히며 아내에겐 아무 일도 없다는 듯 항상 평안한 얼굴로 귀가했던 박 장로의 표정이 평소답지 않자 아내가 계속 추궁했다. 박 장로는 그동안 있었던 그 진상 모자의 얘기를 들려줬다.

당장 그만 두라고 펄펄 뛰던 아내를 진정시켰다.

"난 하릴없이 빈둥거리는 게 제일 힘들어요. 당신도 알잖아요. 내가 집에 24시간 당신과 붙어 있으면 우리 서로가 더 힘들 걸 왜 몰라요? 그 모자(母子)만 아니면 그래도 이 일이 내겐 좋아요. 할아버지 안녕하세요? 하고 안기는 어린 아이들과 이제 한 가족 같은 입주민들이 내게 얼마나 소중한데요. 은퇴하고 경비일 하는 사람 은근히 많아요. 그리고 기회 봐서 내가 전도할 사람도 이미 몇 사람 찍어 놓고 기도하고 있다구요."

며칠 후 어머니에게 들었다며 도대체 어떤 녀석인지 보고 싶다고 아들이 퇴근길경비실에 들렀다. 항상 전국으로 또 해외로 출장과 회의가 잦은 바쁜 아들의 방문에 박 장로는 놀랐지만 기쁘고 반가웠다.

아들은 곧 임원으로 승진할 거라며 언제든 아버지가 경비를 그만 두시고 어머니와 이곳저곳 여행하시면서 맛있는 것도 사 드시고 스트레스 없이 사셨으면 좋겠다며 박 장로의 어깨를 주물러줬다.

　잠시 후 그 진상이 아파트에 들어왔다.

　박 장로가 턱으로 '바로 저 녀석'이라고 가리키자 아들의 표정이 놀라움과 분노로 굳어지며 자리에서 일어나 천천히 그리고 무겁게 경비실 문을 열고 나갔다.

　박 장로 아들을 본 진상이 당황하여 뻣뻣이 선 채 경례를 붙이며 물었다.

　"어, 어! 부장님 여기는 웬일이세요?"

　"응, 우리 아버님이 근무하시는 걸 좀 보러 왔지. 이제 들어오나?"

백혜숙

사랑과 진리교회 사모
크리스천문학나무 편집장

늙도록 배워야 할 우리말 남의 말

이 주 형

1제.: '볼매'라는 말을 아시나요?

어느 모임에서 누군가 내게 물었다. 외국어인가 싶어 되물었더니 웃으며 아니라고 했다. 그러고는 볼수록 매력 있는 사람이라고 뜻을 설명해 주었다.

"아하!"

나는 감탄사를 연발하며 고개를 주억거렸다. 볼수록 매력 있는 사람이라니! 내면의 인품이 점차로 드러나면서 아름다움이 돋보이는, 참으로 멋진 사람이요 좋은 말이라 싶었다. 얼마 뒤, 많은 축약어가 시중에 유행함을 알았다. '듣보잡'(듣도 보도 못한 잡스러운 것), '솔까말'(솔직히 까놓고 말하면), '장미단추'(長美短醜, 멀리서 보면 미인이나 가까이서 보면 추물), '웃픈'(웃기면서 슬픈, 웃고 있어도 눈물이 난다), '팬덤'(Fandom, 팬들의 집단), 'ㅇㅋ'(오케이) 등등 헤아릴 수 없이 많았다. 그들 식의 말로 표현하자면 그야말로 '별다줄'(별걸 다 줄이는) 세상이다.

오래전, 어느 대통령 후보의 텔레비전 토론 시
간이었다. '옥탑방'의 뜻을 아느냐는 상대 후보 질
문에 곤혹스러워하던 표정이 떠올랐다. 다세대 주
택의 옥상에 만든 옥탑방을 모른다 해서 그의 업무
수행 능력과는 아무런 상관이 없으련만, 하찮은 질
문으로 귀한 정책 토론 시간을 낭비하는구나 싶어
안타까웠다.

나 또한 '볼매'의 뜻을 모른다 해서 삶에 아무런
불편은 없다. 그러나 정작 심각한 문제는 다른 곳
에 도사리고 있었다. 오랜 세월 '다르다'와 '틀리다'
의 구분도 제대로 모른 채 살았다는 부끄러움이다.
내 의견과 다르다는 이유로 상대는 틀렸다 치부해
버렸으니 참으로 무지하고 몰염치한 일이었다. '다
르다'와 '틀리다'의 구분도 할 줄 모르고 살아온 나
는 한글도 잘 모르는 바보였나 보다.

'다르다'와 '틀리다'를 왜 구분하지 못했을까? 어
쩌면 상대의 말을 제대로 새겨듣지 못한 귀의 문제
일 수도 있겠다. 인류 역사상 가장 넓은 영토를 정

복한 칭기즈칸은 말했다. "나는 이름도 쓸 줄 몰랐지만, 남의 말에 귀 기울이며 현명해지는 지혜를 배웠다. 지금의 나를 가르친 것은 내 귀였다."라고.

그러니 '이청득심(以聽得心)'만이 유일한 답이 되리라. 거울이 맑아야 사물을 바르게 비추듯, 사심 없고 깨끗한 마음이래야 바른 소리가 귀에 들어온다. 자신이 듣고 싶은 말만 듣고자 한다면 그가 바로 아첨꾼에 둘러싸인 폭군이요, 대화 없는 완고한 부모이며, 도움이 안 되는 고집불통 친구이다.

삶의 방정식은 누구나 다르다. 그러니 '다름'을 온전히 그 자체로 인정하며 사는 게 지혜로운 삶이다. '다름'을 수용한다면 너와 나의 다툼이 줄고, 또한 날로 경쟁이 치열해지는 국제 사회에서 미래 산업의 창조와 출구전략을 찾는 활로가 될 것이다.

2제 : 밥 한 끼 사 먹기도 힘든 세상

가전제품과 화장품을 비롯한 생활용품의 이름은 물론, 신축 건물과 아파트단지의 명칭마저 외국어로 바뀐 지 오래다. 그뿐만 아니라, 최근 곳곳에 등장한 무인 판매기 키오스크는 집을 나선 사람들의 식생활마저 위협하는 지경에 이르렀다. 예컨대 어느 안내판의 경우 'Pick up, Drink station, Wanted' 식으로 영어 일색이다. Pick up(픽업)은 음식 찾는 창구이고, Drink station(드링크 스테이션)은 음료 받는 자리, Wanted(원티드)는 기념품을 사는 곳이라 한다.

노인이나 키오스크를 몇 번 접해본 사람이 아니면 애를 먹는다. 내 나라에서 밥 한 끼를 사 먹기도 힘든 세상이 되었다. 진즉에 고령사회가 된 이웃 나라 일본은 노인들 편의를 위해 각종 기기의 작동 방식을 단순화시킨 지 오래라고 한다. 우리의 변화는 행여나 반대로 치닫는 것이나 아닌지 걱정스럽다.

3제. : '너무'라는 말을 너무 많이 사용하다 보니!

과거 『표준국어대사전』에 등재된 '너무'라는 단어는 부정적인 상황에서만 사용한다고 되어 있었다. 그런데 언제부턴가 많은 사람이 '너무'라는 말을 긍정어에도 마구잡이로 섞어 사용하기 시작했다. '너무 예쁘다,' '너무 좋아!' '너무 귀여워!' 등이 그렇다. 결국 국립국어원은 일상에서의 쓰임을 고려해 긍정적인 상황에서도 '너무'라는 말을 쓸 수 있도록 최근에 뜻풀이를 수정했다.

대한민국의 표준어는 '교양 있는 사람들이 두루 쓰는 현대 서울말'로 정함을 원칙으로 한다고 했다. 그러나 시류에 끌려 다니면 본말(本末)이 바뀔 수도 있다. 아기들은 물건을 움켜쥐면 입으로 먼저 가져간다. 그래서 먹을 음식을 줄 때는 '맘마'라 하고, 먹지 못할 음식은 '지지'라고 하며 단호하게 거부한다. 이처럼 표준어 역시 넘어서는 안 될 저지선은 분명히 제시되어야 하지 않겠는가.

지난 2020년, 태국에서 제2회 세계문자올림픽 대회가 열렸다. 27개국이 참여했고 한글은 1회에 이어 또다시 금메달을 차지했다. 한글 창제의 원리와 사용법이 기록돼 있는 '훈민정음해례본'은 유네스코의 세계기록유산으로 이미 오래 전인 1997년에 등재되었다.

산을 오르는 사람들은 정상에 오른 기쁨 뒤에 힘든 내리막길이 있음을 안다. 여분의 힘을 아껴두

어야 하는 이유다. 원칙을 지키는 일보다 더욱 어려운 건 원칙을 어기지 않는 범위 내에서 자유를 허락하는 일이다. 한글이 앞으로 나아갈 향방이 그렇다. 훌륭한 문화유산의 원형을 제대로 보존하면서 바른 길로 이끄는 노력과 더불어 가꾸고 다듬는 정성이 보태지기를 간절히 바란다.

장편 수필(掌篇 隨筆);영상 매체에 밀려 위축되는 문학의 활로를 찾기 위해 새로운 시도들이 진행되고 있다. 손바닥처럼 작다는 장편 수필 또한 그런 추세 중의 하나이다.

이청득심(以聽得心) : 세상에서 제일 어려운 일은 사람이 사람의 마음을 얻는 일이라고 했다. 이청득심은 '상대를 존중하고 경청하는 게 마음을 얻는 길이다'라는 뜻으로 논어에 나오는 글이다.

이주형

서울농대 졸업, 연세대학원 수료, 한국문협 회원, 한국예총 고양지부부회장, 수필집 「거북이 인생」, 「진 · 간 · 꼭」

고시조 감상

현대인들은 고시조에 대해 무관심하다. 그러나 옛 어른들이 남긴 시에는 깊은 뜻이 서려 있다. 몇 편이라도 고시조가 품고 있는 깊은 뜻을 기리고자 올린다.

이런들 어떠하며 저런들 어떠하리

만수산(萬壽山) 드렁 칡이 얽혀진들 어떠리

우리도 이같이 어울려 백년까지 살아가세.

이 시조는 조선 개국 전 이방원(李芳遠:太宗)이 지은 '하여가(何如歌)'로 고려 충신 포은(圃隱) 정몽주(鄭夢周)의 진심을 떠보고자 그를 회유하기 위하여 읊은 시조.

이 몸이 죽고 죽어 일백 번 고쳐 죽어

백골(白骨)이 진토(塵土)되어 넋이라도 있고 없고

임향한 일편단심(一片丹心)이야 가실 줄이 있으랴

이 시조는 포은이 이방원의 시에 답한 '단심가(丹心歌)'로 고려의 충신으로 절개를 지키겠다는 뜻을 밝힌 시. 「포은집(圃隱集)」에는 한역(漢譯)이 되어 있다.

태산(太山)이 높다 하되 하늘 아래 뫼이로다

오르고 또 오르면 못 오를 리 없건마는

사람이 제 아니 오르고 뫼만 높다 하더라.

태산(太山):중국 산동성에 있는 명산. 중국 오악 중의 으뜸인 동악이
다. 예로부터 왕자가 천명을 받아 성을 바꾸면 천하를 바
로잡은 다음, 반드시 그 사실을 태산 산신에게 아뢰기 때
문에 이 산을 높이어 대종(岱宗)이라고도 일컫는다. 높이
는 1,450미터이다.

백설(白雪)이 잦아진 골에 구름이 머흐레라

반가온 매화(梅花)는 어느 곳에 피었는고

석양(夕陽)에 홀로 셔 이셔 갈 곳 몰라 하노라.

지은이 : 이색(고려말 삼은 중 한분, '목은 이색, 포은 정몽
주, 야은 길재')

한산섬 달 밝은 밤에 수루(戍樓)에 홀로 앉아

큰 칼을 옆에 차고 깊은 시름 하는 차에

어디서 일성호가(一聲胡笳)는 남의 애를 끊나니.

지은이 : 이순신

한 손에 막대 잡고 또 한 손에 가시 쥐고

늙는 길 가시로막고 오는 백발 막대로 치려터니

백발(白髮)이 제 먼저 알고 지름길로 오더라

이화(梨花)에 월백(月白)하고 은한(銀漢)이 삼경인 제

일지 춘심(一枝春心)을 자규(子規)야 알랴마는

다정(多情)도 병(病)인 양 하여 잠 못 들어 하노라

자규:두견이, 접동새, 그 우는 소리가 한 맺힌 소리로 슬프게 들린다.
소쩍새라고도 하지만 종류가 다르다. 촉나라 망제의 죽은 혼이
새가 되었다고 전한다. 늦봄에 밤에 운다. 자규, 두우, 불여귀
등으로도 불린다.

청산리(靑山裏) 벽계수(碧溪水)야 수이감을 자랑마라

일도창해(一到滄海)하면 돌아오기 어려우니

명월이 만공산(滿空山)하니 쉬어 간들 어떠리.

청산리:푸른 산 속./벽계수야:맑은 시냇물. 조선 종실(宗室)인 벽계
수(碧溪守)라는 사람의 이름을 중의적(重義的)으로 표현 /벽
계수(碧溪水):푸른 계곡에 흐르는 물.
푸른 산은 나의 뜻이요, 푸른 시냇물은 님의 정이니 냇물은
흘러흘러 가지만 푸른 산은 녹수처럼 변하겠는가. 푸른 시냇
물도 푸른 산을 못 잊어 울면서 흘러가는구나.

심혁창 책사랑 명랑 풍자소설(1)

출판문화가 무너지는 현실을 안타깝게 겪으며 책 사랑을
호소하는 풍자

하필 허당에 빠진 국자

바보가 만든 바보

바보가 따로 있나 우물쭈물하다 보면 바보가 되지.

나이가 삼십이나 된 허당은 밥만 먹으면 버스 정
류장으로 나간다. 그 또래에 친구들은 장가도 가고
자식도 낳고 직장도 다니는데 허당은 날마다 헛발 짓
만 하고 다닌다.

양천 허씨에 외자 이름을 짓다 보니 넓은 마당처
럼 잘되라고 마당 당(堂)이라고 할아버지가 지어 주
셨다. 허당은 매일 아침나절은 시외버스 정류장에 나
가 어슬렁거린다. 그러다가 맨 먼저 차 타러 나온 사
람을 만나면 인사를 한다.

"안녕하슈?"

낯선 사람의 인사를 받은 사람이 어리둥절하다가
마지못해 인사를 받는다.

"네, 네."

"어딜 가신대유?"

"서울 갑니다."

"서울은 왜 가슈우?"

"아들네 집에 갑니다."

"아들이 몇이나 되슈?"

"삼형제가 있는데 큰아들이 서울 살아서……."

"아들은 지금 몇 살이나 되슈?"

"서른 살입니다."

"나하고 동갑이쥬?"

"그렇지요."

"아들이 잘해 주나유?"

"잘해줍니다. 효자지요."

"지금 세상에 효자가 어디 있슈. 다 허당이쥬."

"네?"

"효자라면서 아버지가 앉아서 '아들아 내려오너라' 하시면 될 것을 아들을 보러 먼 길을 가신다규?"

"그럴만한 이유가 있어요."

"다 허당이쥬."

"허당이 뭐요?"

"내 이름이쥬."

"이 분이 왜 이러시나?"

"다 허당이쥬. 허당."

"허당?"

"야. 허당이쥬."

"허당 허당 하지마시오."

"왜 그러슈? 허당이 뭐 잘못 됐슈?"

"허허, 허당이라더니 허당이로군."

그 사람은 기가 막혀서 차에 오르며 비웃는 소리 한 마디를 던졌다.

"허당!"

허당이 손까지 저으며 인사를 했다.

"허당 어른! 잘 가슈!"

차에 오른 사람이 혼잣말을 했다.

"허허, 내가 원!"

옆에 동석한 사람이 인사를 했다.

"허당어른, 이렇게 한자리에 앉아서 반갑습니다."

"뭐요? 내가 허당이라고요?"

"죄송합니다. 허당어른."

"허허 내가 허당이 아니고요."

"압니다. 다 들어서 압니다. 아드님이 인사하는 소리 들었습니다. 허당어른."

"허허 내가 허당이 아니라니까요."

"괜찮습니다. 허당이면 어떻고 천당이면 어떻습니까. 부끄러워할 것 없으십니다. 이름이 좀 이상하기는 하지만 허씨들은 원래 외자 이름을 짓다 보면 별

85

이름을 다 짓지요."

"나를 정말 허가로 아시오?"

"그렇지요. 허가 없이 세상에 되는 일 있나요?"

"난 허가가 아니라 장가요."

"장가도 허가 없이는 장가 못 갑니다. 허가야 말로 세상에서 가장 좋은 성이지요."

"허허. 세상에 이런 허당이 있나."

"부끄러워할 것 없으십니다. 허당어른."

허당은 좀 모자라는 사람처럼 보이지만 사람이 착해서 잘 웃고 아무나 붙잡고 인사도 잘한다.

오늘도 정거장에서 어슬렁거리다가 보따리를 들고, 이고 오는 아주머니를 발견했다.

"아주머니 무거우시쥬?"

"그건 왜 묻는댜? 도와주려우?"

"야, 도와드려야쥬."

"아이고 고맙기도 혀라."

아주머니가 이고 있던 보따리를 내맡겼다. 생각보다 무거웠다. 허당은 허리가 휘청한 채 들고 물었다.

"아주머니 이 무거운 걸 우티기 이고 오셨대유?"

"그려서 목 빠지는 줄 알았구면."

"무거운 걸 이셨는디 목이 들어가지 않고 빠진다규?"

"그 말이 그 말여."

"어디꺼정 가시는대유?"

"오산까지 가는디 버스가 몇 시에 있는지 알 수가 없구먼."

"내 금방 차 시간 알아 올튜. 기달리슈."

허당이 부지런히 안내판 앞으로 가서 버스 시간표를 보고 돌아와 보니 어떤 분하고 아주머니가 이야기를 하고 있었다. 아주머니가 큰소리로,

"하필이면 하필이를 여기서 만날 줄 누가 알았댜!"

그분도 반가운 듯 인사를 했다.

"참말로 반가뷔, 국자를 예서 만날 줄 몰랐구머언."

아주머니가 물었다.

"하필이, 여긴 우티기 왔댜?"

"저기 네거리 안 골목에서 책방을 햐, 아니아?"

"그려, 요새 책이 안 팔린다는디 책방 혀서 뭘 먹고 산댜? 흙 파먹고 사는겨?"

그 영감이 눈을 번쩍 뜨고 물었다.

"그걸 우티기 안겨어?"

"소문이 자자헌디 그걸 보르면 요새 사람이 아녀."

"하하, 큰일 났구머언."

"그게 무슨 소리랴. 하필이가 왜 큰일이랴?"

"내가 그 소릴 들응게 기가 차구머언."

"하필 왜 책장살 한댜?"

"하필 하필 하지 마아. 남사스러우니께에."

"그렇구먼, 하필이면 하필이 앞에서 그 소리가 이름인 줄 깜박혔구먼."

"국자는 또 어떠코오. 하필 누가 국자라고 이름을 지어주었는지 모르지마안……, 좌우당간 요새 우리 가게 뒷골목의 국자 이름과 똑같은 국자돼지국밥집이 생겼는디 장사가 엄청 잘된댜."

"국자, 국자 허지 마. 그 국밥집이 내 집잉게."

"뭣이여? 그 주인이 국자라는겨어?"

"왜 그리 놀란댜? 우리 집에 한 번도 못 왔구먼."

"나는 그런 고급 음식 먹을 처지가 못뎌어……, 등잔 밑이 어둡다는 말은 들었지만 코 앞에 국자가 있는 줄은 몰랐구머언."

"내가 왜 코앞에 있댜? 하필이 뒤통수에 있는디."

이때 시간표를 알아가지고 온 허당이 그 소리를 듣고 물었다.

"뭔 국자가 코앞과 뒤통수에 있대유?"

허당이 묻자 영감이 대답했다.

"여봐 젊은이, 어른 이름 함부로 부르면 안 된다는 것도 몰러어?"

"내가 언제 어른 이름 불렀간듀? 국자가 앞뒤에 있

다는 소리가 궁금혀서 물었쥬."

아주머니가 허당한테 물었다.

"차 시간은 알아봤슈?"

"야. 바로 있대유. 가시쥬, 지가 차있는 데꺼지 짐 들고 가서 태워 드릴게유."

"고마워서 우쩐댜 총각."

멍하니 바라보고 있던 하필이 국자한테 물었다.

"이 총각은 누구여어?"

"나두 몰러. 오산 다녀와서 책방 한번 가 볼겨."

왜 남의 이름은 불러?

차가 떠났다. 그 어른이 허당을 잡고 물었다.

"어디 사는 누구랴아?"

"저기 파란 대문집에 사는 허당이유."

"허당? 이 사람 어른 놀리나아?"

"아녀유. 성은 허가이고 이름은 당이라 다들 허당 이라고 불르쥬."

"허당이라아. 내 이름보단 낫구머언."

그러자 허당이 물었다.

"하필이면 왜……."

하필이 노여운 얼굴로 말했다.

"뭐라구우? 허허, 이 사람, 언제 내 이름까지 알았 던겨어?"

허당이 이상하다는 듯 갸웃거렸다.

"어르신 이름이 뭔디유?"

"알면서 물어어?"

"모르는듀."

"금방 하필이라고 안 혔어어?"

"하필이 허당보다 좋은 이름 같아서 하는 소리였는디 왜 그러슈?"

"앞으로 하필이라는 말은 하지 마아."

"아저씨가 뭔디 남이 말도 못하게 한대유?"

"그런 게 있어. 어디 나가는 데라도 있는겨어?"

"없슈."

"없으면 나 좀 도와 줄래나아?"

"그러쥬. 뭘 도와드릴까유?"

"날 따라 와 봐아."

"알았슈. 아저씬 뭘 하시는듀?"

"와 보면 알아아."

하필이 부지런히 앞질러 걷는데 허당이 껑충껑충 따랐다. 하필이 큰 건물 안으로 들어가며 말했다.

"여기가 말여어, 내 사업장이여어."

둘러보니 문 앞에서부터 마당과 큰 창고 같은 지붕 아래 추녀까지 책이 산더미처럼 쌓여 있었다. 허당이 입을 딱 벌리고 감탄했다.

"와아아! 이게 다 뭐랴유우우?"

하필이 대답했다.

"책이지 뭐여어."

허당이 놀라 지껄였다.

"뭔 책이 이렇게 만텨?"

"이렇게 많은 책 첨 보지이?"

"야. 이게 다 어디서 난 거유?"

"줏어왔어어."

"어디서유?"

"출판사에서 그냥 가져가라는겨."

"출판사는 흙 파먹고 사나유."

"그건 나도 몰러어. 예서제서 책 가져가라는 출판
사가 한둘이 아녀어."

"그럼 이게 서점인가유 책방인가유?"

"그게 그거여. 책방들이 장사가 안 뒈야서 문을
닫으면서 나헌티 가져가라고 혀서 그냥 실어온거어."

"안 팔린다는 책을 잔뜩 뫄두면 누가 사간대유?"

"사가는 사람이 있으면 좋을 텐디 욕심이 나서 여
기저기서 공짜로 다 받아다 쌓아놨더니 골치여어."

"골치 아픈 짓을 왜 했대유?"

"나두 몰러, 예서제서 버린다기에 모두 거저라 좋
아서 다 가져다 모았는디이."

허당이 책 곳간을 둘러보고 생각했다.

'안 팔린다고 문 닫는 서점이 있고 사람들도 책을 안 보고 스마트폰에만 대가리를 처박고. 그러다가 오는 사람 가는 사람 부딪치는 세상인디……'

허당이 물었다.

"주인어른 이렇게 하면 어떨까유?"

"뭐어얼?"

"여기 쌓아두고 썩히는 거라면 좋은 일이나 하쥬."

"뭔 생각이 있어어?"

"나헌티 책 열 권만 주실래유?"

"열권 아니라 백 권도 가져가아. 그 대신 저쪽에 있는 책을 다락방에 들여놓고 맘에 드는 놈으로 아무 것이나 맘껏 골라 가져가아."

"알았슈."

허당은 주인이 하라는 대로 다 해놓고 책을 골랐다. 모두 새 책이고 표지 그림도 다 예뻤다. 그 중에 동화책과 처세술과 시집, 소설책 수필집 이것저것 골라 열 권을 들고 나섰다. 하필이 물었다.

"어딜 가아?"

"기달류. 잽싸게 다녀올탱규."

거저여유. 거저

허당은 책을 안고 정거장으로 달려갔다. 대합실에

서 차를 기다리는 사람을 둘러보다 점잖고 착하게 보이는 신사 앞으로 갔다.

"어른님, 차 기다리시는데 지루하시쥬?"

"예. 차가 너무 오래 안 오네요."

"그러시면 이 책 가운데 하나만 골르슈."

"사라고요?"

"아뉴, 책 팔러 온 게 아니규. 차 기둘리다가 심심하거나 지루혀 하는 분들한테 차가 올 때까지 잠깐 보시라고 빌려드리는 거유. 보시다가 차가 오거든 돌려주고 가세유."

"고맙소. 그렇지 않아도 핸드폰을 두고 나왔더니 지루했는데."

신사분이 책을 받아 들고 들여다보았다. 두 사람이 나누는 소리를 들은 옆에 아줌마가 한 마디 했다.

"정말 차 기다릴 동안만 보다가 가라고 빌려주시는 건가요?"

"야. 아주머니도 드릴까유?"

"그래요. 그 동화책 〈행복을 파는 할아버지〉를 빌려주세요."

그 소리에 또 옆에 아가씨가 수줍게 다가오더니 시집을 손짓하며 물었다.

"저도 그 시집 좀 빌려주실래요?"

"고마워유. 얼른 읽어보세유."

이 사람 저사람 공짜로 빌려준다니까 열 권이 금방 나가고 없는데 다른 사람들이 또 빌려달라는 거였다. 그러나 책이 더 없어서 미안하다고 굽실거릴 수밖에 없었다. 그 사이에 차가 왔다. 신사가 보던 책을 중단할 수 없게 되자 돌려주지 않고 말했다.

"미안합니다. 내가 보던 것을 마저 봐야겠어요. 이 책 얼마나 드리면 될까요?"

"그러시면 그냥 가져가세유."

"아니지요. 귀한 것을 그냥 가져갈 수는 없지요. 차가 와서 급하니 이거라도 받고……."

신사가 만 원짜리를 쥐어주고 차에 올랐다. 그 뒤를 이어 동화책을 보던 아주머니가 급히 말했다.

"이렇게 좋은 동화책은 우리 손자가 봐야 해요. 저도 사갈게요. 책값이 얼만가요?"

"거저유. 가져가세유."

"책은 거저 가져가는 거 아니에요. 만원만 드릴게요. 이해해 주세요."

뒤이어 아가씨가 시집을 들고 말했다.

"아저씨 이 시집 얼마예요?"

"거저여유. 거저."

"거저가 어딨어요. 만원만 드릴게요. 괜찮지요?"

"너무 많츄 아가씨!"

또 다른 사람이 차에 오르면서 아무 말 없이 책을 들고 가면서 만원을 내밀었다. 책 열권이 잠깐 사이에 다 나가고 주먹에는 만 원짜리 돈만 열 장이 잡혀 있었다. 허당은 돈을 추려 들고 말했다.

"세상에 거저는 없는겨. 사람들이 책을 이렇게 좋아하는디 왜 책방이 안 된다는겨?"

허당은 책 곳간으로 달려갔다. 그리고 하필이 앞에 돈을 내밀었다.

"이거 받으슈."

"이게 뭐랴?"

"돈이쥬."

"책은 어쩌고오?"

"다 나눠 줬쥬."

"그게 뭔 소려어? 자네가 나한테 책값을 준다는 말여어?"

아따, 국자가 출세했구먼

"지가 무슨 돈이 있어서 사나유."

"그럼 이건 뭐여어?"

"돈이쥬."

"책은 우째고오?"

"다 나눠 줬쥬."

"자네 이름 허당이 맞지이?"

"야."

"좌우당간 돈이 생겼응게 일 끝내고 저녁이나 거하게 먹지이."

오후에 두 사람은 뒷골목의 유명한 국자돼지국밥집으로 갔다. 국자돼지국밥집은 생각보다 넓고 좋았다. 하필이 들어서서 사방을 두리번거리며 씨부렁거렸다.

"아따, 국자 출세했구머언. 이렇게 큰 식당 주인이 아닌가베에."

허당도 입을 다물지 못했다.

"국자라더니 국자가 쉴 새가 없것구먼……."

이때 국자가 다가오면서 반가워했다.

"어서와 반갑구먼. 하필이, 이 사람을 어떻게 여기까지 델려 왔댜?"

"난 손님으로 온 건게 하필 하필 하지 말어."

국자가 허당한테 인사를 곁들여 이름을 물었다.

"총각, 오늘 고마웠슈. 그런디 이름이 우찌 되유?"

"허당이어유."

"허당? 뭔 이름이 그려? 진짜 이름은 뭐여?"

"허당이쥬."

"호호호, 허당이 뭐여, 하필이면 좋은 이름 두고

허당이랴, 호호호."

하필이가 불만스럽게 말했다.

"왜 자꾸 하필 하필 하는거어. 터놓고 말혀 하필이도 그렇고 허당도 그런디 웃기는 건 국자여어. 국자가 뭐여어."

국자가 대꾸했다.

"국자가 워뗘서 그려. 국자가 국밥집하고 국자로 장사만 잘하는디. 하필이 이름이 문제여."

"허허, 모르는 소리 마아. 하필이는 우리 할아버지께서 지어주신 이름인디 물하(河)자에 붓필(筆)자로 이담에 붓에 먹물 말리지 말고 공부 많이 혀라고 지어주신 이름여어. 함부로 부르는 이름이 아녀어."

"그려? 그러고 봉게 하필이가 대단한 이름가텨?"

하필이가 좋아서 받았다.

"암, 국자보다야 훨씬 존 이름이지."

국자가 가만히 있지 않았다.

"모르는 소리 말어. 나도 우리 할아버지가 지어주신 이름인디 나라국(國)자에 도자기자(瓷)여. 나라에서 알아주는 귀헌 그릇이 되라고 지어주신 이름이여, 함부로 국자, 국자 허지 마."

하필이 허당한테 눈길을 돌렸다.

"자네 허당이라고 혔지이? 그 이름도 뭔 뜻이 있는

97

겨어?"

"있쥬, 나도 할아버지가 지어주신 이름이쥬. 세상에 허가 없이는 되는 일이 있깐디요. 허가가 세상에 가장 높은 성이라고 했슈. 그러시며 내 이름은 마당만큼 넓게 부자 되라고 마당당을 정하여 허당이라고 지어주셨쥬. 이름이 허당이지 헛소리는 하지 않쥬."

하필이는 국자를 가리키고 국자는 하필이한테 손짓하며 큰소리로 웃어댔다.

"호호호, 하필이와 국자가 허당에 빠진 거 아녀, 하하하하."

하필이면 거기를 만져서

그렇게 하여 저녁을 잘 먹고 나오는데 멋쟁이 아가씨가 스마트폰을 들여다보고 오다가 허당이 발에 걸려 털썩 주저앉았다. 허당이 당황하여 아가씨를 잡아 일으켜 준다는 것이 그만⋯⋯.

책 곳간으로 오면서 허당이 중얼거렸다.

"하필이면 왜 내가 처녀 거기를 만졌는지⋯⋯."

하필이 꽥 소리쳤다.

"하필, 하필 하지 말랬지이. 하필이면 여자가 가장 부그러워하는 거기를⋯⋯. 쯧쯧."

"아저씨도 하필 하필하면서 왜 나만 못하게 한대유?"

"앞으로는 조심혀어."

책 곳간에 도착하자 허당이 말했다.

"아저씨, 하필이면 왜 책방을 한 대유?"

"허허 또 하필."

"죄송혀유. 아직도 정거장에는 사람들이 많을긴게 책 열 권만 주세유. 어차피 못 파는 책 날마다 정거장에 가서 인심이나 써야겠슈. 괜찮지유?"

"맘대로 혀. 그 대신 내일 문 닫는 서점에서 책 가지러 오라고 혔어. 나허고 같이 가서 실어오기로 하면 우뗘어?"

"좋지유. 그럼 오늘 열 권만 가지고 갈게유."

허당은 정거장으로 나갔다. 역시 정거장에는 오는 차 가는 차를 기다리는 사람들로 붐볐다. 허당은 긴 의자에 앉아 있는 젊은이한테 가서 말을 건넸다.

"차 기다리기 지루하시쥬?"

"예. 차가 연착된다니 많이 기다려야 할 것 같아요."

"그러시면 이 책 중에 맘에 드는 거 하나 집으세유."

"사라고요?"

"아녀유. 보시다가 차가 오거든 돌려주고 가세유."

그 소리를 옆에서 들은 부인이 물었다.

"정말 거저 빌려주시는 거예요?"

"야. 거저 보시라는 거유. 그 대신 차가 오면 저한

테 꼭 돌려주고 가셔야 혀유."

"알았어요. 저 '행복이 주렁주렁'이라는 동화책을 빌려주세요."

"그러쥬. 보세유. 그 대신 차가 오면 꼭 돌려주셔야 혀유."

이때 아가씨가 다가와 시집을 가리켰다.

"저 '추억의 울타리엔 경계가 없다'라는 시집 좀 빌려주세요."

"고마워유. 보시다 차가 오면 꼭 돌려주고 가세유."

"알았어요. 꼭 돌려드리고 갈게요."

공짜라면 양잿물도 먹는다더니 이 사람 저 사람 달려들어 다 빌려갔다. 정거장에 책 보는 사람들이 주르르 늘어서니 보기도 좋았다.

허당은 날마다 이렇게 책을 빌려주고 좋아하는 사람한테는 거저 주어야겠다고 생각했다. 한 시간쯤 지나서 서울 가는 차가 들어왔다. 젊은 사람이 책을 보다 말고 다가와 말했다.

"아무래도 이 책 사가야겠습니다. 한참 재미있는 장면이 나오는데, 책값이 얼마지요?"

"그렇게 좋으시면 그냥 가져가세유. 거저."

"세상에 거저가 어디 있습니까. 이런 책이 있는 줄 몰랐네요. 차가 와서 급해요 작지만 이것만 드리고 갈게요."

그 사람이 차에 오르는 뒤에다 대고 말했다.

"아니여유. 거저, 가져가세유."

이때 뒤따라 차에 오르는 아주머니가 말했다.

"행복이 주렁주렁 매달렸다는 이야기가 너무 재미있어요. 미안하지만 이것만 받으세요."

그리고 아주머니가 만 원을 쥐어주고 차에 올랐다. 뒤따라 급하게 서두는 아가씨가 시집을 들고 말했다.

"이 시집 너무 좋아요. 저도 앞사람처럼 만원만 드려도 되지요?"

"아니여유. 그냥 가져가세유. 거저유 거저."

"책은 거저 가져가면 안 돼요. 고마워요."

아가씨가 가고 나자 뒷사람들이 급히 만원씩을 주고 다 차에 올랐다. 허당은 주먹에 쥐어져 있는 돈을 추리면서 중얼거렸다.

"참 이상한 사람들이여. 보다가 돌려달라는데 거저 준대도 싫다고 돈을 내는 사람들이 우찌 이리 많은가 모르것네. 세상 사람들이 모두 책을 억수로 좋아하는 줄은 몰랐구먼."

허당이 책 곳간으로 달려가 하필이 앞에 돈을 내밀었다.

"이거 받으슈."

"뭐여어?"

"돈이쥬."

"또 돈이여어?"

나도 장사 한번 해보자

하필이 생각해 보니 정거장에만 가면 책이 잘 파리는 모양이라. 그래서 나도 한번 해봐야겠다고 생각했다. 다음 날 리어카에 책을 싣고 중얼거렸다.

'이렇게 징그럽게 많은 책 나도 장사 한번 해 볼겨어. 허당이 열 권 가지고 만원씩에 다 팔았으니 나는 염가로 한탕 뛰어 볼겨어. 좋은 책을 한 권에 1000씩 싸게 판다면 공짜지, 그럼 책 안 사갈 사람이 어디 있간디. 천 권이면 눈 껌쩍헐 새에 백만 원이 들어올 거구먼. 허당 땜시 책 장사 제대로 하게 생겼어. 히히히.'

하필이 깨끗하고 두꺼운 책 1000권을 골라 싣고 정거장으로 나갔다. 사람들은 바쁘게 오가는데 누구하나 들여다보는 사람이 없었다. 아침부터 점심을 굶어가며 오정이 한참 지났지만 한 권도 팔지 못했다. 그래서 사람들한테 한 권에 천원, 천원 하고 소리쳤지만 그것도 허사였다.

도로 끌고 돌아가자니 좀 부끄러운 생각도 들고 기분도 상해서 '에따 거저라도 나누어 주고 가자. 허

당도 나누어 주었다는디 돈을 받지 않았남.'하고 지
나가는 신사한테 책을 내밀었다.

"이 책 거저유. 받으시유."

그 사람은 들은 체도 않고 지나갔다. 이번에는 나
이가 지긋한 사람이 다가오기에 책을 내밀었다.

"선상님, 이 책 좋아요 받아가슈."

그 사람이 눈을 부릅뜨고 꾸짖었다.

"이 사람 왜 이래? 내가 언제 책 달랬소?"

기분 나쁘게 한마디 던지고 눈을 흘기고 지나갔다.
이번에는 젊은 아기엄마가 오기에 다가가 책을 내밀
었다.

엉엉 울고 싶은걸

"이거 받으슈. 거저유 거저."

"지금 누가 책을 본다고 그래요. 거저도 싫어요.
스마트폰 보기도 바쁜데 별꼴이야."

보기보다 예쁘고 단아한 젊은 댁이 정나미 떨어지
는 소리를 하고 뒤도 돌아보지 않고 가 버렸다. 하필
은 기가 차서 누구한테 거저 주겠다는 말도 할 기분
도 나지 않았다.

이때 젊은 사람이 씩씩하게 걸어오고 있었다. 하
필은 용기를 내어 비싸고 두꺼운 책을 내밀었다.

"젊은 양반, 이 책 그냥 드릴 테니 받으슈우."

젊은이가 엉뚱한 소리로 대꾸했다.

"요새 그따위 무거운 책을 누가 들고 다녀요. 내가 공짜라면 혹할 사람으로 보이시오? 짐만 되는 걸."

하필은 절망했다. 이럴 수가 있나! 거저 준다는데도 모두 싫다고 하니 출판사며 서점이 문 닫는 건 하나도 이상할 것이 없는 게 아닌가.

하필이는 울고 싶었다. 책을 리어카 째 어디든 끌고 가서 콱 처박고 엉엉 울고 싶었다. 그래도 울지는 못하고 억지로 참고 멍하니 수살목처럼 서서 예쁘고 화려한 책들만 들여다보았다.

볼수록 예쁜 책들이 마치 빵점 받고 쫓겨나서 우는 아들처럼 보여서 안타까운 심사로 서 있는데 한 사람이 다가와 말을 건넸다.

"영감님, 하필이면 왜 책장사를 하시오? 책 살 돈이 있으면 참외나 수박이나 그런 먹거리 장사를 하지 하필, 하필……."

하필이 하필 하필 하는 소리에 화가 났다.

"이봐유우. 하필 하필 하지 마슈우."

"제가 뭐 잘못했나요. 세상에 장사할 것도 많은데 하필 책장사를 하시니 하는 말이지요."

하필은 부아가 나는 걸 참고 마음을 가다듬었다. 젊은 사람이나 늙은 사람이나 다 싫다는 책을 억지로

주는 게 아니다. 책 볼 사람은 따로 어딘가 있을 것이라고 자위하면서 마음을 고쳐먹고 이어카를 끌고 돌아가자니 다리도 무겁고 배도 고파 털썩 주저앉아 엉엉 울고 싶었다. 그 때 한 할머니가 지나가다가 보고 중얼거리듯 말했다.

"요새도 딸따리 이동 책방이 있는가 보네."

그 소리에 하필이 책 한 권을 들고 다가갔다.

"여사님, 이 책 그냥 드릴게유. 받으실래유우?"

"나 돈이 없는데."

"거저유. 받기만 하세유우."

노인이 책을 받으며 말했다.

"이렇게 귀한 책을 그냥 주신다고요?"

"네. 거저유우."

할머니가 가방을 뒤적거리더니 꼭꼭 접은 오천 원짜리 하나를 꺼내어 내밀었다.

"내가 가진 게 이것뿐이라 더는 드릴 수가 없어요. 지금 주신 책은 삼만 원도 넘는 귀한 책인데 오천 원에 살 수는 없고, 저기 있는 동화책 「왕따 대통령」으로 주시면 안 되겠수? 하필이면 대통령이 왜 왕따를 당했다는 걸까?"

하필은 또 하필이란 소리가 싫었지만 그래도 이렇게 말하는 할머니가 고맙고 존경스러워서 「왕따 태

105

통령」마저 꺼내주며 말했다.

"고마워요 여사님, 두 권 다 드릴게유우."

"이러시면 밑져요."

"밑질 것도 없어유우. 다 거저니께유우."

할머니가 밝게 웃으며 말했다.

"내가 여사님이라는 말을 들어본 지가 한참 되었는데 할망구, 할매, 늙은이 소리보다는 듣기 좋구려."

"고마워유우. 주시는 돈 잘 받겠어유우."

할머니가 책을 소중하게 가슴에 안고 인사를 한 뒤 돌아갔다. 하필은 오천 원을 두 주먹 속에 곱게 넣고 감격의 눈물을 흘렸다. 모처럼 사람대접 받고 받은 돈 아닌가. 오천 원이 눈물겨운 소중한 소득이었다. 그렇게 하여 용기를 겨우 낼 수 있는 하필은 무시당한 수모를 참고 참고 견디고 책 곳간 사업장으로 돌아왔다.

언제 왔는지 직장에서 돌아온 딸이 웃으며 맞았다.

"아빠, 또 어디서 책을 그렇게 많이 받아왔어요?"

(다음 백일홍 울타리에 계속)

심혁창

「아동문학세상」 등단, 장편동화 「투명구두」, 「어린공주」 외 50권, 한국문인협회, 사)한국아동청소년문학협회 회원, 한국크리스천문학상, 국방부장관상, 아름다운글문학상 수상, 한글 대표

역사책을 읽고

구국의 별 강감찬 장군

최 강 일

강감찬 장군은 고려시대 거란의 침입으로 누란의 위기에 처한 고려를 구한 명장으로 귀주대첩에서 뛰어난 지혜와 전략으로 적을 물리쳐 국가에 크게 공헌하여 문하시중의 중책을 맡기도 하였다.

그는 고려 정종 3년인 948년 관악구 낙성대에서 태어났다. 당시 그곳은 금주라 불리었다. 모친이 그가 두 살 때 세상을 떠났고, 부친도 그가 17세 때 세상을 떠나, 당시 승주 목사였던 김장길의 도움으로 그의 양자가 되면서 성장기를 맞는다. 아명은 은천이었으나 강감찬으로 개명하고 양부의 허락을 얻어 10여 년간 세상을 유람하며 세상사를 배우며, 절에서 불경을 공부하면서도 천문, 지리, 풍수학 등 여러 학문을 두루 섭렵한다. 983년 36세 때 과거시험에 응시하여 장원급제하고 양주목사로 임명된다. 선정을 베풀어 평판이 좋아지자 경주 유수를 거쳐 예부시랑이 된다. 당시 새롭게 강자로 등장한 거란의 침입에 대비하여 군사훈련과 군량미 비축 등을 건의하여 국방에 대처한다.

1012년 서경 유수 겸 서북면 병마사가 되어 평안북도의 총사령관이 된다. 1018년 거란의 3차 침입시 그는 상원수로 강민첨 부원수와 함께 적과 맞서게 된다. 당시의 요충지인 홍화진은 산세가 험하고 숲이 울창하여 동쪽으로 강이 흐르는 곳이었다. 거란족들이 우회작전으로 홍화진을 통과하리라 예측하고, 미리 다음과 같은 조치를 취한다. 군사들을 3개부대로 편성하여 제1진 12,000명은 강가 산속에 매복시키고, 제2진 1만 명은 강 건너에서 대기하다가 적이 나타나면 싸우는 척하다가 거짓으로 후퇴하여 적이 강을 건너오게 유도하도록 지시했다. 제3진은 강 상류에서 둑을 막고 쇠가죽을 모아 밧줄로 매어 물을 가두고 대기하게 하였다. 거란군이 강 한복판으로 뛰어들면 신호에 따라 강둑을 터뜨려 적을 수장시키는 작전을 펼친 것이다. 갑작스런 수공작전에서 거란군은 혼비백산하여 군사의 절반을 잃고, 적의 장수 소배압은 도망을 치면서도 나머지 군사들을 수습하여 개경을 공격하려했으나, 고려군은 개경 수성작전으로 맞서면서 그들의 기병 300마저 고려군에 전멸 당하자 철군을 결정하고 후퇴할 때, 압록강 근처의 귀주에서 적을 기다리고 있던 강감찬 장군은 후방부대와 협공하여 퇴각하는 거란족을 섬멸했다. 적은 겨우 4천 명 정도가 도주하고 거의가 궤멸되고 말았다. 강감찬 장군은 뛰어난 지략과 통찰력, 용병술로 거란군을 격퇴시킨 귀주대첩의 주인공이 되었다. 귀주대첩의 승리로 27년간 이어진 거란족의 침입은 막을 내렸다. 강감찬 장군은 자신의 농토를 국가에 헌납하여 가난한 백성들에게 나눠주도록 조치하기도 하였다. 1030년 강감찬의 건의로 개경 외곽에 나성을 축조하게 하였고, 문하시중이라는 중책을 맞게 된다. 그러나 1031년 84세의 나이로 별세하자 인헌이란 시호를 받았다.

거란의 3차 고려 침입 과정
1차 침입 : 993년 거란의 소손녕이 80만 대군

으로 고려를 침공했다. 고려의 신료들이 모두 항복을 건의했으나 서희는 단독으로 적장을 찾아가서 담판하겠다고 주장하여 적진을 찾아간다. 그는 고려라는 나라 명도 고구려의 후예라는 뜻이라며, 압록강 변도 고려 땅이라고 주장하면서, 지금까지 여진족이 가로막고 있어서 거란과 친교를 할 수 없었다고 설득하면서, 압록강 하구 6개 주에 성을 쌓고 거란과 친교를 하게 협조하라고 건의하였다. 거란의 주장대로 송과의 관계를 단교하고, 거란의 연호를 사용하겠다는 약속으로 적장과의 담판에 성공하였다. 그리하여 압록강 남쪽 땅 6주를 되찾고 화평을 이룩하게 되었다.

2차 침입 : 1009년 강조의 정변으로 현종이 즉위하자 반역을 저지른 강조의 죄를 묻겠다는 명분으로 고려를 다시 침입하였다. 1010년 거란 황제 성종이 40만 대군으로 침입하자 강감찬의 건의로 현종은 나주로 몽진을 가게 하고 거란에 화친을 요청하여 위기를 넘긴다.

3차 침입 : 1018년 거란의 소배압이 10만 대군

으로 다시 고려를 침공하였으나 강감찬의 지휘로 위에서 언급한 대로 거란군은 궤멸하여 퇴각하고 말았다.

당시 중국의 정세 : 거란족은 야율아보기가 유목민족인 거란을 통일하고 916년 요나라를 건국해서 926년 발해를 멸망시키고 중원진출을 위해 고려와 친교를 필요로 하고 있었다. 송나라가 중원을 통일하였고 거란은 1004년 송나라와 조약을 체결하여 송나라의 조공을 받기로 하고 화평관계를 수립하였다. 그 후 여진족이 금나라를 건국하고 요나라를 멸망시킨다.

최강일

「한국크리스천문학」, 수필등단, 한국크리스천문학기협회 회원, 고려대학교 영어영문학과 졸업, 남강고등학교 교사로 정년퇴임, 옥조근정훈장 대통령표창 수상

트리나 폴러스의

꽃들에게 희망을

- 온갖 어려움을 무릅쓰고 진정한 자아를 찾을 수 있다면

조 신 권
(연세대 명예교수)

‖ 명문에로의 초대 ‖

1) 그러던 어느 날, 줄무늬 호랑 애벌레는 먹는 일을
   멈추고 생각했습니다.
   '그저 먹고 자라는 삶과는 다른 무언가가 있을
   게 분명해. 그저 먹고 자라는 건 따분해.'

1) Until one day he stopped eating and thought,
   "There must be more to life than just eating and
   getting bigger. It's getting dull."

2) '나비! 바로 그거야.'
   노랑 애벌레의 마음은 두근거리며 뛰었습니다. 노
   랑 애벌레가 생각에 잠긴 채 물었습니다. "어떻
   게 하면 나비가 되죠?" "날기를 간절히 원하여야
   돼. 하나의 애벌레로 사는 것을 기꺼이 포기할
   만큼 간절하게." "죽어야 한다는 뜻인가요?" 노랑
   애벌레는 물었습니다. "그렇기도 하고, 아니 하기
   도 하지. '겉모습'은 죽은 듯이 보여도, '참모습'은
   여전히 살아 있단다. 삶의 모습은 바뀌지만, 목
   숨이 없어지는 것은 아니야. 나비가 되어 보지도
   못하고 죽는 애벌레들과는 다르단다."라고 늙은
   애벌레는 대답하였습니다.

2) Her whole insides leapt. "Butterfly-that word."
   "How does one be become a butterfly?" she

asked pensively. "You want to fly so much that you are willing to give up being a caterpillar." "You mean to die?" asked Yellow. "Yes and No," he answered. "What looks like you will die but what's really you will still live. Life is changed, not taken away. Isn't that different from those who die without ever becoming butterflies?"

3) 줄무늬 애벌레는 새삼 깨달았습니다. 높이 오르려는 본능을 그 동안 얼마나 잘못 생각했는지. '꼭대기'에 오르려면 기어오르는 게 아니라 날아야 하는 것이었습니다.

3) He realized how he had misread the instinct to get high. To get to the 'top' he must fly, not climb.

위에 소개한 글은 미국의 현존작가 트리나 폴러스(Trina Paulus)의 일종의 우화동화라 할 수 있는 「꽃들에게 희망을」 (Hope for the Flowers)이라는 작품에 나오는 많은 것을 생각하게 만드는 명문이다. 먼저 트리나 폴러스의 생애와 작품 줄거리부터 살펴보겠다.

트리나 폴러스와 작품 줄거리

트리나 폴러스는 미국 작가라는 것 이외에 그녀의 생애나 작품에 대해서는 자세하게 알 수 없다. 다만 작가이자 조각가이면서 사회 운동가라는 것

정도만 알 수 있다. 그녀는 1972년 처음 출간된 뒤로 30년이 넘는 기간 동안 스페인, 네덜란드, 독일, 포르투갈, 일본 등 전 세계적으로 수백만 부가 팔린 「꽃들에게 희망을」이라는 작품의 작가이다. 국제여성운동단체인 '그레일'(The Grail)의 회원으로, 공동농장에서 14년 동안 직접 우유를 짜고 채소를 재배했다. 성경 구절을 쓰고 성가를 불렀을 뿐만 아니라, 조각가인 만큼 자신의 조각품을 판매해 그 수익금을 공동체 생활을 유지하는 데 쓰기도 했다. 그레일에서 하는 국제적인 활동에도 적극적으로 참여해 이집트의 아흐밈에 여성 자수협동조합을 설립하는 일을 도왔고, 그 외에도 뉴욕에서 대리석을 조각하고 프랑스, 포르투갈에서 일하기도 했다. 콜로라도의 한 산에서 6개월간 영구 경작법을 배우기도 한 트리나 폴리스는 현재 뉴저지 주에서 아들과 함께 살고 있는데, 이곳의 집은 유기농법으로 재배한 식품의 우수성을 알리기 위해 설립된 소규모의 환경 센터이기도 하다.

작가 트리나 폴러스는 기회 있을 때마다 자신의 인생 목적은 희망을 전 세계에 전파하는 일이라고

말하곤 한다. 그녀는 자신의 인생 목적인 희망을
전파하기 위한 최상의 방법이 책이라고 생각하고
있으며, 그 결실로 이루어진 것이 「꽃들에게 희망
을」이라는 책이다. 더 나은 삶과 진정한 혁명에 대
한, 그러나 무엇보다도 희망에 대한 이야기가 「꽃
들에게 희망을」이라는 책의 메시지다. 이 책은 온
갖 어려움을 겪으면서도 진정한 자아를 찾아 떠나
는 많은 사람들에게 희망을 주며, 절망의 끝에 서
있는 많은 사람들에게도 다시 시작할 수 있는 희망
을 안겨 준다.

이 책은 참사랑과 희망을 노래하는 두 마리 애
벌레, 즉 노랑 애벌레와 줄무늬 호랑 애벌레의 이
야기이다. 단순히 먹고 자라는 것 이상의 것을 추
구하는 노랑 애벌레와 줄무늬 호랑 애벌레는 수많
은 애벌레들이 아무 생각 없이 끼어드는 애벌레 더
미인 기둥으로 뛰어든다. 애벌레 기둥은 너무 높아
그 끝에 무엇이 있는지조차 보이지 않을 뿐더러 애
벌레 기둥이 무엇을 의미하는 것인지도 모른 채 그
냥 다른 애벌레처럼 애벌레 기둥을 오른다. 힘들게
오르는 애벌레 기둥에는 질시와 질투와 경쟁과 싸

움만이 존재했다. 그들이 찾는 더 나은 삶은 거기엔 없었다. 그래서 두 마리 애벌레는 애벌레 기둥을 포기하고 내려와, 먹고 자는 생활에 안주하지만, 곧 그 생활도 지루해졌다. 어느 날 줄무늬 호랑 애벌레는 애벌레 기둥을 오르기 위해 보금자리를 떠나는데, 노랑 애벌레는 줄무늬 호랑 애벌레를 생각하며 길을 나섰다가 고치를 만들고 있는 늙은 애벌레를 만나게 된다. 노랑 애벌레는 애벌레로 사는 삶이 진정한 삶이 아니며, 진정한 자아를 찾는 길도 아니라는 사실을 깨닫고, 애벌레로 사는 삶을 포기하기로 결심한다.

어쩌면 줄무늬 호랑 애벌레를 다시는 못 만날지도 모른다는 불안감을 참으며 고치를 만들어 마침내 나비가 된다. 한편 애벌레 기둥에 끝까지 올라간 줄무늬 호랑 애벌레는 그 높은 애벌레 기둥이 아주 많은 애벌레 기둥 가운데 하나라는 사실에 실망하고 내려와 나비가 되기 위해 고치를 만든다.

이 두 마리 애벌레가 나비가 되기 위해 고치를 만들 수 있는 것은 바로 참사랑과 희망과 꿈이 있기 때문이다. 이 두 마리 애벌레는 마침내 나비가 되어 하늘을 자유롭게 날아다니게 되었다는 것이다. 대충 이것이 이 작품의 이야기 줄거리다.

애벌레와 판도라의 상자

이 작품을 통하여 생각해볼 것이 몇 가지가 있는데, 그 중의 하나가 애벌레로 남아 있다는 것이 무엇을 의미하는가 하는 것이다. 애벌레로 남아 있다는 것은 대개의 경우처럼 먹고 자라는 생활에 머물러 있거나 하늘 꼭대기까지 아무 생각 없이 기어오르는 애벌레 더미 속에 뛰어드는 것을 가리킨다.

세상적 욕망의 표상인 애벌레 기둥은 너무 높아 그 끝에 무엇이 있는지 보이지 않을 뿐더러 애벌레 기둥이 무엇을 의미하는지조차 모른 채 목표도 없이 그냥 기어오르는데, 앞에서 이미 말한 대로, 거기엔 질시와 질투와 경쟁과 싸움만이 존재할 뿐이다. 이 현상은 판도라가 어떤 일이 일어날지도 모르면서 단순한 호기심 때문에 열어보지 말라고 한 상자를 열었을 때 일어난 결과와 전혀 다를 바가 없다.

아주 먼 옛날 그리스 신 제우스는 대장장이 신 헤파이스토스에게 여자를 만들라고 명령을 했다고

117

한다. 세상에 처음 여자가 생겨나자 여러 신들이 그녀에게 아름다움, 지혜, 말솜씨, 옷감 짜는 기술들을 선물했다고 한다. 그래서 그녀의 이름은 판도라, 곧 '모든 선물을 받은 여인'이 되었다.

제우스는 판도라를 지상 세계로 내려 보내면서, "이 상자는 네게 행운을 가져다 줄 것이다. 하지만 절대로 열어 봐서는 안 된다. 명심하여라."하는 말과 함께 상자 하나를 건네주었다.

땅으로 내려온 판도라는 멋진 남자와 결혼해서 행복한 나날을 보냈다. 그러던 어느 날, 문득 제우스가 건네준 상자가 떠올랐다. 한 동안 어디에 두었는지도 모를 정도로 잊고 있었는데, 막상 상자에 생각이 미치자 궁금해서 견딜 수가 없었다. 도대체 저 상자 속에는 무엇이 들어 있을까? 궁금해서 참을 수가 없었다. 그래서 그녀는 상자를 열고 말았다. 그러자 그 순간 상자 속에서 사람을 절망과 고통으로 몰아넣는 온갖 불행들이 쏟아져 나왔다. 슬픔과 질병, 가난과 전쟁, 증오와 시기 등등. 판도라는 깜짝 놀라 얼른 뚜껑을 닫았지만 이미 때는 늦었다. 나쁜 기운들은 세상으로 흩어졌고, 이때부터 인간들은 갖가지 슬픔과 고통을 겪으며 살게 되었다고 한다.

이처럼 사악한 호기심은 재앙을 부르기도 하고 하와의 선악을 알게 하는 나무에 대한 호기심처럼 죽음을 불러들이게도 한다. 그러나 선하고 궁극적인 것을 탐구하고자 하는 호기심은 모든 인류에게 좋은 결과와 효력을 미치게 한다.

만일 줄무늬 호랑 애벌레가 깨달은 대로 지루한 일상적인 삶을 벗어나고자 하는 호기심이 없었다면, 그는 언제까지나 애벌레로 남게 되어 자신의 아이덴티티를 찾을 수도 없었을 것이다. 그러면 이 애벌레의 삶에서 어떻게 하면 벗어날 수가 있을까?

이 책에 따르면, 애벌레가 그 삶에서 벗어나려면 여러 어려움에도 불구하고 애벌레의 처지에서 벗어나야겠다고 하는 열렬한 갈망이 무엇보다 먼저 있어야 하는데, 줄무늬 호랑 애벌레에게는 이런 갈망이 있었다. 그래서 그는 자신에게 먹을 것과 그늘을 제공해 주던 정든 나무를 떠나는 것이다. 정들고 익숙하게 길들여진 것을 떠난다고 하는 것이 쉬운 일만은 아니다. 그런데 이런 고됨과 아픔, 그리고 어려움을 극복할 수 있었던 것은 참된 자아를 찾고자 하는 열망과 먹고 자라는 것 이상의 무엇인가가 있을 것이라고 하는 기대감과 호기심이 때문이었다.

사람에게 있어서 호기심은 신체적으로 또는 정신적으로 커가는 데 구동력이 되며 삶을 활기 있게 하는 에너지가 된다. 특히 어린 아이들은 호기심에 있어서 지칠 줄을 모른다. 애들은 호기심으로 주위 사물을 보기 위해 머리를 들어올리고, 손을 뻗고, 몸을 뒤집고, 기어 가 만지고, 붙들고 일어서고, 걷는다. 즉, 호기심은 신체적, 인지적 발달의 동력이 되는 것이다. 에디슨은 어렸을 때 알을 품어 병아리를 까는 닭을 보고 자기도 알을 품었다고 한다. 이 이야기는 모르는 사람이 없을 정도로 유명하다. 만일 에디슨에게 호기심이 없었다면 아마도 세계는 전구가 없어서 지금처럼 밤마다 밝은 빛을 만날 수도 없었을 것이고 편리하고 살기 좋은 세상은 더더구나 없었을 것이다. 그러나 에디슨은 200번의 실험 끝에 기어코 전구를 발명해 내서 우리로

하여금 밝은 세상에 살게 하였다. 그것은 바로 호기심에서 기인된 것이었다.

호기심은 판도라의 상자처럼 해로울 수도 있지만 신앙 안에서 갖는 선한 호기심은 인류사회에 유익을 가져다준다. 나비가 될 생각을 포기하고 여전히 애벌레로 남아 있었다면 줄무늬 호랑나비는 노랑 나비를 사랑도 할 수 없었을 것이고, 애벌레들의 미래에 대한 어떤 희망도 줄 수 없을 것이다.

애벌레가 나비가 되는 변신을 포기하면, 죽을 때까지 아무것도 하지 못한 채 그 종착역에 이를 수도 있을 것이다.

나비와 바람개비

이 책에서 가장 핵심이 되는 것은 애벌레의 삶을 청산하고 어떻게 하면 나비가 될 수 있느냐 하는 것이다. 노랑 애벌레는 고치를 만들어 나비가 되려고 준비를 하고 있는 늙은 애벌레에게 어떻게 하면 나비가 될 수 있느냐고 물었다. 늙은 애벌레는 나비가 되려면 자기처럼 고치를 만들어 그 속에서 나비가 될 때까지 기다리며 참아야 한다고 하였다. 노랑 애벌레는 다시 늙은 애벌레에게 이렇게 물었다. "죽어야 한다는 뜻인가요?" 이에 늙은 애벌레는 이렇게 대답하였다. "그렇기도 하고, 아니하기도 하지. '겉모습'은 죽은 듯이 보여도, '참모습'은 여전히 살아 있단다. 삶의 모습은 바뀌지만, 목숨이 없어지는 것은 아니야. 나비가 되어 보지도 못하고 죽는 애벌레들과는 다르단다. 나를 보렴. 나는 지금 고치를 만들고 있단다. 내가 마치 숨어버리는 것같이 보이지만, 고치는 결코 도피처가 아니야. 고치는 변화가 일어나는 동안 잠시 들어가 머무는 집이란다."

서로를 짓밟고 짓밟히며 어디론가 끊임없이 기어오르는 수많은 애벌레들이 그렇게 보고 싶어 한 것도 결국은 나비가 아니었을까?

애벌레의 삶이 육적인 부조리한 삶을 가리킨다면 나비로서의 삶은 이 부조리한 인간의 육적인 삶을 뛰어넘는 우리의 마지막 희망이라고도 말할 수 있는 영의 세계인 것이다. 저자도 그렇게 말하고 있다.

"우리가 살고 있는 이 세계는 깨고 나면 한낮 꿈이었을지도 모른다"고. 나비의 세계, 곧 영의 세계에 우리의 희망이 있다면 우리는 허물을 벗고 변신을 추구해야 한다. 언제나 변신은 가능하고 변화는 다가오는 것이다. 변신을 망설이고 변화를 두려워하고서는 꿈을 실현할 수가 없다. 애벌레가 번데기로 변했다가 나비로 다시 태어나는 일이야 말로 자기를 버리고라도 이루어야겠다는 갈망과 번데기가 될 때까지 고치 속에서 기다려야 하는 뼈아픈 노력과 용기를 필요로 하는 과정이라 아니 할 수 없다.

나를 위해서 살던 애벌레의 삶을 포기하고 꽃들 즉 나 아닌 다른 것과 다른 사람들을 위해서 사는 것이 곧 나비로 다시 태어나는 것이라 할 수 있는데, 그것이 말처럼 쉬운 일은 아니다. 나비가 되기 전의 번데기는 마치 죽은 것처럼 보이지만, 그렇게 자기부정 과정을 거치지 않으면 나비로 태어날 수가 없다. 애벌레가 자신의 희망이 나비가 되는 것임을 본능적으로 알 듯이, 인간은 자신의 희망이 궁극적인 자기부활을 통해 영의 세계로 나아가는 것임을 안다.

육신의 세계는 부조리하고 한계 속에서 생존하며 살아가는 것이므로 거기선 결코 진정한 자기실

현을 이룰 수가 없다. 애벌레가 진정한 자신의 모습이라고 생각하며 산다면 그것은 대단한 오산이요 씻을 수 없는 착각이라 아니 할 수 없다. 왜냐하면 인간은 본질적으로 영에 속한 삶을 살아야 할 존재들이기 때문이다. 그래서 나비로 변화 하여야 인간은 한없이 자유롭고 실재적인 삶을 맛보며 살아갈 수가 있다. 우리 특히 믿는 사람들이 나비로 거듭나야 꽃들에게 희망이 생기게 된다. 우리의 변신은 단지 우리의 희망을 이루는 것만을 목표로 하지 않는다. 물론 자기를 죽이고 영의 세계로 재탄생하는 것이 우리의 희망이지만 그 희망은 곧 인류의 희망될 수도 있다. 예수의 죽음과 부활이 인류의 희망이 되었던 것은 바로 그 때문이다.

나비가 꽃이 없으면 나는 것이 힘들 듯이 바람개비도 바람이 없으면 돌지 않는다. 바람이 없을 때 바람개비처럼 돌게 하려면 어떻게 하여야 하는가? 그것은 우리가 잘 알다시피 앞을 향해 열심히 달리는 것이다. 바람이 불지 않는다고 바람 탓하지 말고 하늘을 바라다보며 열심히 앞만 보고 달려야 한다. 사람은 저마다 바람개비를 손에 들고 달려가

는 경주자와 같다. 경주자가 거치는 것들을 벗어던
지고 향방 없는 사람처럼 하지 말고 미치도록 달리
면 사라지려고 하던 바람이 일기 시작한다. 그 바
람은 달릴수록 가속이 붙어 더욱 세차지고 빨리 달
릴 수도 있게 된다. 꽃들에게도 바람과 같은 나비
가 없으면 생명의 씨앗을 티워 꽃으로 이어지게 할
수가 없다. 그 바람은 애벌레로부터 나비로 거듭난
크리스천들이 일으켜야 한다.

조신권

「새시대문학」 평론 등단, 저서 『존 밀턴의 문학과 사상』
외 다수. 미국 예일대학교 객원교수, 연세대학교 영어영
문학과 명예교수, 총신대학교 초빙교수, 한국밀턴학회 회
장 역임

어머니 여한가(餘恨歌)

옛 어머니들의 시집살이, 자식 거두기, 질박한 삶을
노래한 글! 한국 여인들이 결혼 후 겪었던 한(恨)을
노래한 진솔한 글이라 올립니다.

열여덟살 꽃다울제
숙명처럼 혼인하여
두세살씩 터울두고
일곱남매 기르느라
철지나고 해가는줄
모르는채 살았구나.
봄여름에 누에치고,
목화따서 길쌈하고
콩을갈아 두부쑤고,
메주띄워 장담그고
땡감따서 곶감치고,
배추절여 김장하고
청수붓고 휘휘저어
막걸리로 걸러내서
들일하는 일꾼네들
새참으로 내보내고
나머지는 시루걸고
소주내려 묻어두네.
피난나온 권속들이
스무명은 족하온데

호박고지 무말랭이
넉넉하게 말려두고
어포육포 유밀등과
과일주에 조청까지
정갈하게 갈무리해
다락높이 간직하네.
찹쌀쪄서 술담그어
노릇하게 익어지면
용수박아 제일먼저
제주부터 봉해두고
시아버님 반주꺼리
맑은술로 떠낸다음
동지섣달 긴긴밤에
물레돌려 실을뽑아
날줄들을 갈라늘여
베틀위에 걸어놓고
눈물한숨 졸음섞어
씨줄들을 다져넣어
한치두치 늘어나서
무명한필 말아지면

더부살이 종년처럼
부엌살림 도맡아서
보리쌀로 절구질해
연기불로 삶아건져
밥도짓고 국도끓여
두번세번 차려내고
늦은저녁 설거지를
더듬더듬 끝마치면
몸뚱이는 젖은풀솜
천근만근 무거웠네.
매정스런 바늘끝이
손톱밑을 파고들면
졸음일랑 혼비백산
간데없이 사라지고
손끝에선 검붉은피
몽글몽글 솟아난다.
내자식들 해진옷은
대강해도 좋으련만
점잖으신 시아버님
의복수발 어찌할꼬
탐탁잖은 솜씨라서
침침해진 눈을들어
방내부를 둘러보면
아랫목서 윗목까지
자식들이 하나가득
차내버린 이불깃을
다독다독 여며주고

백설같이 희어지게
잿물내려 삶아내서
햇볕으로 바래기를
열두번은 족히되리.
하품한번 마음놓고
토해보지 못한신세
졸고있는 등잔불에
바늘귀를 겨우꿰어
무거운눈 올려뜨고
한뜸두뜸 꿰매다가
놋쇠요강 들이대고
어르리고 달래면서
어렵사리 쉬시키면
일할엄두 사라지고
한숨만이 절로난다.
학식높고 점잖으신
시아버님 사랑방에
사시사철 끊임없는
접빈객도 힘겨운데
사대봉사 제사들은
여나무번 족히되고
걱정부터 앞서는데
공들여서 마름질해
정성스레 꿰맸어도
안목높고 까다로운
시어머니 눈에안차
맵고매운 시집살이

막내녀석 세워안아
정월한식 단오추석
차례상도 만만찮네
식구들은 많다해도
거들사람 하나없고
여자라곤 상전같은
시어머니 뿐이로다.
고추당추 맵다해도
시집살이 더매워라
큰아들이 장가들면
이고생을 면할건가
무정스런 세월가면
이신세가 나아질까
이내몸이 죽어져야
이고생이 끝나려나
그러고도 남는고생
저승까지 가려는가
어찌하여 인생길이.
이다지도 고단한가.
식성만은 입이짧은
제어미를 택했는지
곶감대추 유과정과
수정과도 마다하고
정주어볼 틈도없이
손님처럼 돌아가네.
명절이나 큰일때는
객지사는 자식들이

쓴맛까지 더했다네
토끼같던 자식들은
귀여워할 새도없이
어느틈에 자랐는지
짝을채워 살림나고
산비둘기 한쌍같이
영감하고 둘만남아
가려운데 긁어주며
오순도순 사는것이
지지리도 복이없는
내마지막 소원인데
마음고생 팔자라서
그마저도 쉽지않네.
안채별채 육간대청
휑—하니 넓은집에
가문날에 콩나듯이
찾아오는 손주녀석
어렸을적 애비모습
그린듯이 닮았는데
손톱발톱 길새없이
자식들을 거둔것이
허리굽고 늙어지면
효도보려 한거드냐
속절없는 내한평생
영화보려 한거드냐
꿈에라도 그런것은
상상조차 아니했고

어린것들 앞세우고
하나둘씩 모여들면
절간같던 집안에서
웃음꽃이 살아나고
하루이틀 묵었다가
제집으로 돌아갈땐
푸성귀에 마른나물
간장된장 양념까지
있는대로 퍼주어도
더못주어 한이로다.
윤달든해 손없는날
대청위에 펼쳐놓고
도포원삼 과두장매
상두군들 행전까지
두늙은이 수의일습
내손으로 다지었네.
무정한게 세월이라
어느틈에 칠순팔순
눈어둡고 귀어두워
거동조차 불편하네
홍안이던 큰자식은
중늙은이 되어가고
까탈스런 울영감은
자식조차 꺼리는데
내가먼저 죽고나면

고목나무 껍질같은
두손모아 비는것이
내신세는 접어두고
자식걱정 때문일세.
회갑진갑 다지나고
고희마저 눈앞이라
북망산에 묻힐채비
늦기전에 해두려고
때깔좋은 안동포를
넉넉하게 끊어다가
그수발을 누가들꼬
제발덕분 비는것은
내가오래 사는거라.
내살같은 자식들아
나죽거든 울지마라
인생이란 허무한것
이렇게도 늙는것을
낙이라곤 모르고서
한평생을 살았구나
원도한도 난모른다
이세상에 미련없다.
서산마루 해지듯이
새벽별빛 바래듯이
잦아들듯 스러지듯
흔적없이 지고싶다.

자랑스러운 대한민국

2040년 세계를 주도할 네 나라

미국의 외교 전문 잡지인 「Foreign Policy」에서 몇 해 전 특집으로 '2040년에 세계를 주도할 나라들'이란 기사가 실렸습니다. 여기서 2040년 세계를 주도할 네 나라를 손꼽으며 영어 머리글자를 따서 GUTS로 표시하였는데,

G는 Germany(독일), U는 USA(미국), T는 Turkey(터키), S는 South Korea(한국)이었습니다. 독자들은 이들 네 나라들 중에서 독일과 미국에 대하여는 의문 없이 받아들였지만 터키와 한국에 대하여는 항의와 함께 그 근거를 따졌습니다.

그러자 다음 호에 그 이유를 각 나라별로 5가지씩 실었습니다. 대한민국이 2040년을 이끌어갈 나라에 선정된 이유는 이렇습니다.

첫째는 한국인들의 남다른 '국민성'

한국은 분단된 나라로 자원이 없는 나라이며 유일한 자원은 '사람'뿐입니다. 그 사람들의 성격, 기

질이 다른 국민들과 다른데 그 남다른 국민성이 한국을 세계를 주도할 미래의 국가로 발전하게 한다는 것입니다. 한국인들의 남다른 국민성은 무엇일까요? 총명함과 부지런함과 열정입니다. 한국인들의 총명함에 대하여는 이미 정평이 나 있습니다.

나라 안에서는 갈라지고 서로 험담하기를 일삼지만 밖으로 나가면 한국인들은 능력을 발휘하고 빠른 기간에 성공합니다. 20여 년 전 시카고 트리뷴지가 미국에 살고 있는 49개의 소수 민족들의 평균 지능 지수를 발표한 적이 있는데, 한국인의 평균 지능 지수는 105, 노벨상을 174개나 받은 유대인들의 평균 지능 지수는 97로 발표되었습니다.

이 발표를 근거로 판단하자면 우리는 자녀들을 총명하게 낳아서 멍청하게 기르고 있는 것입니다. 일본의 경우는 노벨상을 이미 24명이나 받았고, 중국인들도 2년 전 노벨 생리의학상을 받았는데, 우리나라는 노벨평화상 1명입니다.

한국인들의 부지런함은 이미 세계가 알아주는 장점입니다. 특히 지난 반세기 우리들은 밤과 낮을 가리지 아니하고 일하여 오늘의 자리에까지 오를 수 있었습니다. 우리가 보릿고개의 가난을 이기고 세계 최빈국의 자리에서 선진국의 문턱에까지 오를 수 있었던 것은 일중독자라 불릴 만큼 일하고 일한 국민들의 공로입니다. 또한 어떤 일이든 남다른 업적을 성취하려면 열정이 있어야 합니다. 열정 있는 사람, 열정 있는 국민들이 역사를 이끌어갑니다.

한국인들의 피는 뜨겁습니다. 그 뜨거운 피로 역경을 극복하고, 분단된 역사를 바로 잡게 되고, 5000년 쌓이고 쌓인 한(恨)을 승화시켜 세계를 주도하는 자리에까지 이르게 될 것이며, 한국인의 총명함, 부지런함, 열정이 나라 안에서도 발휘되어질 수 있도록 이끌어 주는 지도력만 갖추어진다면 한국은 무한 발전할 것이라고 기사는 말했습니다.

두 번째 한국이 2040년을 이끌 나라에 선정된 이유
한국인들의 남다른 '교육열'입니다. 한국 부모들은 자신들은 빚에 과로에 쪼들리면서도 자녀 교육만큼은 단념치 않습니다. 과거에는 논과 소를 팔아

자식교육을 시켰고, 지금은 기러기아빠로 부부가 떨어져 조기유학까지 보내면서 자녀들의 장래를 위한 투자에 몸도 마음도 물질도 아끼지 않습니다.

세 번째 한국의 높은 '기술 수준'.

한국은 40년 가까운 세월 일본의 식민 지배 아래 신음하다 1945년 해방되는가 하였더니 해방의 기쁨도 채 누리기 전에 극심한 좌우 대립 속에서 급기야는 남북이 분단되는 비극을 겪었습니다.

1950년의 6.25전쟁 이후 산업화, 민주화 운동을 거쳐 극심한 소용돌이 속에서도 꾸준히 과학 기술을 발전시켜 이제는 기술 한국, IT 강국이 되었습니다. 반도체, 가전제품, 조선, 자동차, 제철, 원자력 기술 방위산업, 이런 기술들이, 뿐만 아니라 문화, 예술, 스포츠, 등 수많은 삶의 전 분야에서 세계 초 일류의 수준에 도달하였습니다.

그러나 우리는 여기서 한 단계 더 높이 올라가야 합니다. 만약 자만하여 현 단계에 머무르고 만다면 한국은 선진국의 초입에서 점프하지 못하고 주저앉고 말 것입니다.

네 번째 700만 유능한 한국 해외동포들의 네트워크

이 분야는 더 말할 필요가 없음.

다섯 번째 특히 놀라운 이유

2040년대를 이끌어갈 나라에 선정된 이유로 한국의 프로테스탄트(개신교)를 들었습니다. 이 잡지는 신학 잡지가 아니라 외교잡지입니다. 그런데도 이 잡지는 한국 개신교의 역할이 세계를 이끄는 정신적 도덕적 기반을 제공할 것이라고 지적한 점이 놀랍습니다.(받은 글)

선한 마음

줬으면 그만이지

설 연휴 때 MBC방송에 전파를 탄 김장하 선생님의 일화입니다. 옷갓 감사패 상을 마다하시고 다큐멘터리 제작도 거부했지만 역경 끝에 세상에 알려지게 돼서 소개 올립니다.(필자의 말)

선생님은 열아홉에 한약업사 자격을 얻어 1963년 고향 사천에서 한약방을 개업했고 10년 뒤 진주로 이전해 남성당한약방을 50년간 운영했습니다. 한약방은 많은 사람들이 찾아와 마이크로 순서를 호명할 정도였고 기다리는 사람들이 많아 점심시간에는 빵을 나눠주기도 했고 전국 한약방 가운데 세금을 가장 많이 내기도 했습니다.

선생님은 20대 젊은 시절부터 가난한 학생들에게 남몰래 장학금을 주기 시작하여 1,000명을 웃도는 학생들이 혜택을 보았고 40대에 100억 원이 넘는 돈을 들여서 세운 사학 명신고등학교를 나라에 헌납하고 30억 원이 넘는 재산을 국립경상대학교에 기부했고 진주의 사회, 문화, 역사, 예술, 여성, 노동, 인권단체들을 지원했습니다.

선생님은 명신고등학교를 설립한 뒤 이사장실을 없애고 양호실로 쓰도록 했고 학교에 갈 때는 버스나 자전거를 타고 갔는데 이사장이 자전거를 타고 학교 안으로 들어오는 모습은 학생들에게 깊은 인상을 남겼습니다.

선생님이 명신고등학교 이사장 퇴임식 때 하신 말씀입니다.

"부끄러운 고백일지 모르겠습니다마는 저는 가난 때문에 하고 싶었던 학업을 계속할 수 없었습니다. 그리고 오늘날과 같은 한약업에 어린 나이부터 종사하게 되어 작으나마 이 직업에서는 다소 성공을 거두게 되었습니다. 제가 본교를 설립하고자 하는 욕심을 감히 내게 되었던 것은 오직 두 가지 이유 즉, 내가 배우지 못했던 원인이 가난이었다면 그 억울함을 다른 나의 후배들이 가져서는 안 되겠다 하는 것이고, 그리고 한약업에 종사하면서 내가 돈을 번다면 그것은 세상의 병든 이들, 곧 누구보다도 불행한 사람들에게서 거둔 이윤이었기에 그것을 내 자신을 위해 쓰여서는 안 되겠다는 생각 때문이었습니다. 그리고 그 두 가지 요건을 충족시키는 가장 좋은 일이 곧 장학 사업이 되었던 것이고 또 학교의 설립이었습니다."

김장하 선생님을 취재한 '줬으면 그만이지' 책 내용을 나눕니다.

"똥은 쌓아두면 구린내가 나지만 흩어버리면 거름이 되어 꽃도 피우고 열매도 맺는다. 돈도 이와 같아서 주변에 나누어야 사회에 꽃이 핀다."

"나는 그런 것 못 느꼈어. 돈에 대한 개념도 그렇게 애착이 없었고 그리고 재물은 내 돈이라는 생각이 안 들고 언젠가 사회로 다시 돌아갈 돈이고 잠시 내가 수탁했을 뿐이다. 그 생각뿐이야. 이왕 사회로 돌아갈 돈인 바에야 보람 있게 돌려줘 보자 그런 거지."

"맹자의 앙불괴어천하고 부부작이어인을 나의 생활신조로 삼고 있어요. 풀이하자면 고개를 들어 하늘을 우러러 부끄러움이 없고, 고개를 내려 사람들한테도 부끄러울 게 없는 삶을 뜻한다."

"스님이 그 눈보라가 치는 어느 추운 겨울날, 고개 마루를 넘어서 이웃마을로 가고 있습니다. 저쪽 고개에서 넘어오는 거지 하나를 만납니다. 곧장 얼어 죽을 듯한 그런 모습입니다. 저대로 두면 얼어 죽겠는데……. 그래서 가던 발길을 멈추고 자기의 외투를 벗어줍니다. 자기 외투를 벗어주면 자기가 힘들 것이나 지금 안 벗어주면 저 사람이 금방 얼어 죽을 것만 같습니다. 엄청난 고민 끝에 외투를 벗어준 것인데 그 걸인은 당연한 듯이 받고는 그냥 가는 겁니다. 그래서 이 스님이 기분이 나빠진 거예요. 나는 엄청난 고민을 하고 벗어준 것인데 저 사람은 고맙다는 인사 한마디 없구나 싶은 것이죠. 그래서,

"여보시오. 고맙다는 인사 한마디는 해야 할 것 아니오?"

했더니 그 걸인이 하는 말,

"줬으면 그만이지. 뭘 칭찬을 되돌려받겠다는 것

이오?"

그래서 그 스님이 무릎을 칩니다.

'아, 내가 아직 공부가 모자라구나. 그렇지, 쳤으면 그만인데 무슨 인사를 받으려 했는가. 오히려 내가 공덕을 쌓을 기회를 저 사람이 준 것이니 내가 저 사람한테 고맙다고 인사를 했어야지. 왜 내가 저 사람한테서 인사를 받으려 한 것이냐.'

이렇게 탄식을 하면서 그 고개를 넘어왔다는 이야기입니다.

이 이야기는 우리가 봉사를 할 때, 어떤 마음으로 봉사를 할 것인가를 느끼게 해줍니다.

(감동적인 교훈이기에 올렸습니다. 필자님의 양해를 구합니다.)

홀로코스트(6)

친위대 장교들이 힘이 센 사람들을 골라내기 위해 막사 안을 돌아다니고 있었다. 그들이 힘센 사람을 찾고 있다면, 애써 힘이 센 체하는 것이 좋을까? 그러나 아버지의 생각은 정반대였다. 그들의 주의를 끌지 않는 것이 좋다고 했다.

결국 운명은 모두 똑같을 것이기 때문이었다(나중에 아버지가 옳았다는 것을 알았다.) 그 날 뽑힌 사람들은 화장장에서 일하는 작업부대인 특무대에 등록되었다. 한 마을 거상(巨商)의 아들인 벨라 카츠는 그들보다 일주일 앞서 떠난 첫 호송열차로 비르케나우에 도착해 있었다. 그는 고향 사람들이 도착했다는 소식을 듣고 용케 찾아와서, 자기가 특무대에 뽑혀가 자기 손으로 아버지 시체를 화장로 속에 넣었다는 이야기를 들려주었다.

곤봉 세례는 계속되었다.

"이발소로 가!"

엘리위젤은 허리띠와 신발을 들고 이발사들에게

로 끌려 나갔다. 그들은 이발기로 머리를 깎고 몸에 난 털이란 털은 모두 깎아버렸다. 그러는 가운데서도 엘리위젤은 아버지와 떨어져서는 안 된다는 한 가지 생각만으로 머릿속이 꽉 차 있었다.

이발사들의 손에서 풀려난 모두는 군중 사이를 헤집으면서 친구들과 친지들을 만나기 시작했다. 그런 곳에서 그렇게 만난다는 것은 여간한 기쁨이 아니었다. 그랬다, 그 기쁨!

"아아, 아직 살아 있었구나!"

한편에서는 울부짖는 사람도 있었다. 그들은 남은 힘을 다해 목 놓아 울었다. 왜 그들이 여기까지 오도록 시키는 대로 했단 말인가? 왜 침대에 누워서 죽지 못하고 여기까지 끌려왔단 말인가? 그들은 복받치는 슬픔으로 목이 메었다.

그때 누군가 갑자기 엘리위젤의 목을 팔로 껴안는 사람이 있었다. 시게트 랍비의 동생인 예히엘이었다. 그는 서럽게 울었다. 아직 살아 있다는 기쁨에 그가 우는 것이라고 생각했다.

"울지 마, 예히엘. 눈물을 낭비하지 말라구."

폭파된 가스 화장장과 시체더미

"울지 말라고? 우린 지금 죽음의 문턱에 서 있는
거야. 우린 곧 그 문턱을 넘어가게 된다고. 넌 이
해하지 못하겠니? 어떻게 울지 않을 수 있니?"

엘리위젤은 파란 채광창을 통해 어둠이 서서 물
러가고 있는 것을 보았다. 그러나 조금도 무섭지
않았다. 다만 견딜 수 없는 것은 피로였다.

부재자(不在者)들은 이제 우리네 기억의 표면에도
나타나지 않았다. 기껏해야 "그들이 어떻게 되었는
지, 혹시 누구 아는 사람 없을까?"라고 지나가는
말을 했을 뿐, 사실 그들은 운명에 대해서 거의 관

심이 없었다. 누구도 이제 아무것도 생각할 수 없었다. 감각이 마비되어 모든 것이 안개 속에서처럼 몽롱할 뿐이었다. 어떤 것을 파악하는 것 자체가 불가능했다. 자기 보존의 본능, 자기 방어의 본능, 자존심의 본능마저 없어졌기 때문이다.

엘리위젤이 마지막으로 제정신을 차리고 느낀 것은, 모두는 암흑세계를 떠도는 저주받은 영혼이라는 것, 모두는 인간의 세대가 끝날 때까지 얻을 희망도 없이 구원과 대사(大赦)를 갈망하면서 허공을 떠도는 죄 많은 영혼이라는 것이었다.

새벽 5시쯤 모두가 막사 밖으로 쫓겨났다. 그들은 다시 모두를 구타하기 시작했다. 그러나 엘리위젤은 그들의 구타에 조금도 아픔을 느끼지 않았다. 얼음처럼 차가운 바람이 휘몰아쳤다. 발가벗은 채 손에는 허리띠와 신발을 들고 있었다.

"뛰어!"

칼 같은 명령이 떨어졌다. 모두는 뛰었다. 몇 분간의 줄달음 끝에 새 막사에 도착했다. 입구에 살균용 가솔린이 한 통 놓여 있었다. 차례로 그 속에 몸을 담갔다. 그 다음에는 빠른 동작으로 뜨거운 물로 샤워를 했다. 물에서 나온 뒤 다시 막사 밖으로 쫓겨났다. 다시 한 차례 뜀박질을 하여 또 다른 막사에 이르렀다.

그곳은 창고였다. 기다란 탁자 위에 죄수복이 산더미처럼 쌓여 있었다. 모두는 계속 뛰어가면서 그들이 던져주는 바지, 겉옷, 속옷, 양말 등을 받았다.

단 몇 초 사이에 그들은 인간의 모습을 잃고 말았다. 이제 인간이 아니었다. 만일 그 상황이 비극적인 것이 아니었다면 모두는 큰 소리로 웃음을 터뜨렸을 것이다. 그 꼬락서니라니!

거인인 마이어 카츠는 어린이의 바지를 가지고 있었고 체구가 작고 가는 슈테른은 몸을 덮어씌우고도 남을 큰 겉옷을 들고 있었다. 모두는 즉시 각자의 몸에 맞는 것으로 바꿔 입기 시작했다. 엘리 위젤은 아버지를 쳐다보았다.

'사람이 저렇게 변할 수 있다니!'

아버지는 완전히 변해 있었다. 눈빛도 이미 흐

려져 있었다. 아버지에게 말을 걸고 싶었다. 그러나 기가 막혀 무슨 말을 해야 좋을지 몰랐다.

밤이 지나고 하늘에는 샛별이 반짝이고 있었다. 엘리위젤 역시 완전히 다른 사람이 되었다. '탈무드'의 제자이며 옛날의 소년이었던 엘리위젤은 이미 불길 속에서 소멸되고 없었다. 이제는 과거의 그를 닮은 형체만이 남아 있을 뿐이었다. 검붉은 불길이 그 영혼 속으로 들어와 그를 삼켜 버렸던 것이다.

불과 몇 시간 사이에 너무나 엄청난 일이 벌어졌으므로 그는 시간에 대한 감각을 잃어버렸다.

'우리가 집을 떠난 건 언제였던가? 게토는? 열차는? 일주일 전이던가? 하룻밤, 단 하룻밤 전인가?'

분명, 그것은 하나의 꿈이었다.

그들이 있는 곳에서 멀지 않은 곳에서 재소자 몇 명이 작업을 하고 있었다. 어떤 사람은 구덩이를 파고, 다른 사람은 모래를 나르고 있었다. 그들은 아무도 거들떠보지 않았다. 모두는 사막 한복판

에 줄지어 서 있는 말라빠진 나무들에 불과했던 것
이다. 뒤에서 몇 사람이 이야기를 나누고 있었다.
그러나 그들이 누구인지, 그들이 말하고 있는 내
용이 무엇인지 조금도 듣고 싶지 않았다. 가까이에
서 우리를 감시하는 사람이 없는데도, 누구도 큰소
리로 말을 못하고 겨우 귓속말을 주고받았다. 그것
은 아마 공기를 지독하게 오염시켜 목을 조이는 짙
은 연기 때문이었을 것이다……

　모두는 5열로 서서 '집시들의 수용소' 안에 있는
새로운 막사로 들어갔다.

(다음 호 계속/본사 발행 홀로코스트는 전국 서점 판매중입니다)

인민군 소굴로 간 피란

이 동 원

「시인정신」, 등단 시인,
공저: 『빗방울을 열다』 외

6월 하순은 첫 여름이 시작되는 절기다.

월요일 아침에 일어나 보니 바깥에서 웅성거리는 소리가 들려 마루에 나가니 울타리 너머 이웃사람들이 무엇인가 수군대고 있었다.

아침을 먹고 학교에 가니 동무들이 끼리끼리 모여서 얘기를 하는데 전쟁이 터졌다며 무섭다고 한다.

조회를 하려고 운동장에 전체 학생들이 모여 교장 선생님의 훈시를 듣는데 어제 북한군이 쳐들어와서 지금 국방군이 열심히 싸우고 있으니 너희들

은 집으로 돌아가서 학교에서 연락할 때까지 등교
하지 말라고 하셨다.

교실에 들어와서 담임 선생님의 말씀을 듣고 당
분간 못 볼 3학년 3반 이정희 담임 선생님께 친구
들과 함께 작별인사를 하고 집으로 돌아왔다.

학교를 못 가니 일어나면 아침 먹고는 마을을
돌아다니며 친구들과 어울려 다니다 집으로 돌아
오니 어머니가 이 난리 통에 돌아다니지 말고 집에
꼭 있으라고 하셨다.

우리 집은 충북 음성군 음성읍 읍내리 3구에 대
지 200평 가운데 일자형 초가지붕에 네 칸으로 지
은 집으로, 텃밭은 채소와 여러 가지 과실수와 꽃
을 좋아하시는 어머니가 집 주위에 채송화며 나리
꽃이며 토종 꽃들을 심어 집을 예쁘게 꾸며서 시골
에 사시는 친척들이 장날에는 꼭 들러서 쉬시다 가
시곤 했다.

전쟁이 나니 사람들이 라디오가 있는 우리 집으
로 와서 소식을 듣고는 모두 불안해하며 손에 일이
안 잡힌다며 돌아들 가곤 했다. 며칠 지나고 점심

때쯤 국군이 백마를 타고 우리 집으로 들어오고 있었다. 그날 말도 처음 보고 군인도 처음 보았다. 말에서 내린 군인은 아버지 어머니께 인사를 했다. 아버지가 나를 보고 말씀하셨다.

"네게는 8촌 형님이시다. 인사드려라."

하셨다. 인사를 하니,

"네가 동명이냐?"

하고 물으면서 머리를 쓰다듬어주셨다. 아버지는 군인에게 '타고 온 말은 대추나무에 매놓고 들어오라'고 권했다.

"아닙니다, 지금 작전 중이라 곧 부대로 들어가야 합니다."

라고 했다. 어머니가 잠시 마루에 앉아 냉수라도 마시고 가라고 하셨다. 잠시 마루에 걸터앉은 군인은 말을 타고 온 얘기를 했다. 그 소리를 나도 들었다. 십리 밖에 감우재라는 곳에는 산등선을 깎아 만든 고개가 있었는데 그곳은 북위 37도 선이 지나가는 곳으로 서울서 장호원을 거쳐 음성읍을 통과하여 충주와 청주, 괴산으로 빠지는 주요도로로 방어선을 구축하기에 최적지라는 것을 후에 알았다.

형님은 고개 너머 무극마을이 자기 집이라서 그곳 지리는 꿰뚫고 있었다. 적을 어느 지점에서 공격해야 한다는 것을 잘 알고 소대장으로서 부하들을 적소에 매복시키고 자기 명령 없이는 총을 함부로 쏘지 말라는 지시를 하고 대기했다.

적 정찰병 두 명이 오는 것을 그냥 통과시켜서 아군의 후방을 정탐하도록 하고 그들이 정탐 후 돌아가도록 놔두었다고 했다.

예상했던 대로 직선으로 난 도로 양편으로 많은 인민군이 무장한 채로 올라오고 그 가운데로 백마를 탄 장교가 올라오는 것을 그냥 통과시키고 난 후 총공격을 하여 많은 인민군을 죽이고 말도 그때 사로잡았다고 했다.

"저는 잠시 진지를 구축하고 휴식 시간에 말을 타고 아저씨께 안부나 드리려고 왔습니다. 아무래도 우리가 후퇴해야 할 것 같습니다. 아저씨, 우리 집에도 소식을 전해 주세요."

그 한마디를 남기고 형님은 말을 타고 떠났다.

피란 가다

소대장 형님이 가고 나서 우리 식구는 큰집 식구들과 피란 준비를 했다. 아버지와 큰아버지 내외분은 남아서 집을 지키고 어머니는 젖먹이와 우리 5남매들과 사촌 형제들을 인솔하여 초천2리(푼내)라고 하는 십리쯤 떨어진 산골 진외가 댁으로 피란을 갔다.

진외가는 산등선을 따라 난 길 끝에 있는 첫 집이었다. 진외할아버지는 한학자로 하얗고 긴 수염을 기품 있게 기르시고 망건을 쓰고 우리 일행을 맞으셨다.

여기도 작은아저씨가 벌써 피란 오셔서 집이 좁았다. 그래서 고모네 옆집에 양해를 구하고 방 한 칸을 얻어 12명 가족이 짐을 풀었다.

지쳐서 깊은 잠을 자고 아침에 눈을 뜨니 모두가 낯설었다. 산마루에 지은 집이라 대문을 열면 바로 산자락이 집을 둘러싸고 있어 산에서 호랑이라도 나올 것 같아 무서웠다.

어머니가 형과 나를 데리고 젖먹이 동생의 기저
귀를 빨려고 산등성이 너머 산골짝 계곡으로 우리
형제를 앞세우고 가셨다. 집도 없고 밭도 없는 산
골짝 도랑에 자리 잡고 앉았을 때 능선에서 '7연
대, 11연대!'하고 부르는 소리가 들렸다. 일어나
보니 군인들이 이동하고 있었다. 어머니가 빨래를
시작하고 조금 있을 때였다. 갑자기 땅 하고 총소
리가 나더니 순식간에 여기저기서 총소리가 콩 볶
듯 요란하게 하늘을 갈랐다. 어머니가 우리한테 다
급하게 소리치셨다.

"엎드려!"

그러면서 어머니는 몸으로 우리를 덮쳤다. 얼마
나 지났을까. 총소리가 멎자 어머니는 빨래도 하지
않고 우리를 끌고 쏜살같이 산등선을 넘어 집으로
돌아오셨다. 이어 식구들에게 명령하듯 단호히 말
했다.

"빨리 짐을 싸라."

우리들은 아침도 굶은 채 허둥지둥 길을 떠났다.
옆 산에 주둔한 군인을 피해 서쪽 산모퉁이 두 개

를 지나 밤나무골이라는 몇 가구 안 되는 마을로 갔다. 그곳에는 먼 친척집이 있었다. 어머니가 갑자기 피란 오게 된 이야기를 하고 방 한 칸을 얻어 짐을 풀었다.

피란 온 곳이 인민군 진지일 줄은

거기도 나직한 산 맨 꼭대기에 있는 집이었다. 짐을 풀고 늦은 아침을 먹고 온 식구가 작은방에서 불안한 마음으로 둘러앉았다. 너무 긴장하여 누구도 입을 열지 못했다.

여름 날씨라 너무 더워서 방 앞뒷문을 활짝 열어놓고 있었다. 나는 뒷문 앞 울타리 쪽을 향해 앉아 있었다. 그런데 어디서 나타났는지 이상한 군복에 장총과 짧고 쇠불알같이 둥근 통이 달린 총(따발총)을 멘 군인들이 나타났다. 저쪽에서 밀짚모자를 쓴 흰 농부 옷을 입은 사람이 손으로 한쪽 방향을 가리키자 모두가 납작 엎드리는 것이었다. 나는 어머니한테 달려가 귀에 대고 말했다.

"엄마, 인민군이 울타리에 엎드렸어."

어머니는 식구들을 향해 입에 손가락을 대고 나

153

직이 말했다.

"쉿, 조용히 해라!"

그러시면서 앞뒷문을 닫으시며 명령하듯 말씀하셨다.

"모두 방바닥에 납작 엎드려라!"

그 말이 떨어지기가 무섭게 '딱콩! 따르르르!' 하고 요란한 총소리가 귀청을 때렸다. 어머니는 방으로 총알이 들어오지 못하게 막아야 한다며 싸가지고 온 솜이불로 문을 가렸다.

인민군이 엎드려 총질하는 곳은 방에서 6M 정도로 가까웠다. 따쿵따쿵 하는 장총 소리와 따발총 소리가 귀청을 찢을 듯이 파고들었다. 우리가 모두 엎드려 오들오들 떨고 있을 때 밖에서,

"동무, 동무 없소?" 하는 소리가 들렸다.

안방에서 집주인 노인이 문 여는 소리가 들렸다. 나는 문창호지에 손가락으로 구멍을 내고 밖을 내다보았다. 인민군들이 울타리 옆에 서서 집주인에게 물었다.

"여기가 어디 뭔 마을임매?"

노인이 무어라고 대답하자 우리가 있는 집에 달린 연초 건조장으로 우르르 몰려 들어가는 것이었다..

그 순간 우리는 놀라 얼굴이 모두 새하얗게 질렸다. 그 안에는 갓 결혼한 22살 사촌 형님이 방이 비좁다고 건조장에서 멍석을 깔고 자고 있기 때문이었다.

사촌형수는 안절부절못하고 어머니도 마찬가지였다. 나는 형님이 인민군에게 끌려나올 것만 같아 문구멍에서 눈을 떼지 못했다.

조금 있다가 인민군들이 건조장에서 나와 대문을 나가는데 형님이 안 보였다. 내가 식구들에게 작은 목소리로 말했다.

"형님은 안 보여요."

그러면서 방문을 열었다. 조금 있자 형님이 나타났다. 모두가 반색을 하며 어떻게 된 것이냐고 묻자 이렇게 대답했다.

"자다가 총소리에 놀라 깔고 자던 멍석을 누운 채 둘둘 말고 창고 벽에 바싹 붙어 숨을 죽이고 있으니 인민군들이 들어와 멍석 위에 앉아 쉬다가 나 갔습니다. 간 떨어지는 줄 알았습니다."

어머니는 감동하여 말했다.

"다 조상님 은덕이다. 조상님께 감사하고 오늘은 여기서 자고 내일 푼내 진외가로 다시 가자."

그리고 잠을 자기로 하고 자리에 제각기 누웠다. 그러나 나는 빈대 등쌀에 잠을 잘 수가 없었다. 자다 일어나 긁고 다시 누워 뒹굴지만 빈대가 물어대는 통에 막냇동생이 징징거려서 어머니도 다른 식구들도 다 잠을 설쳤다.

진외가로 다시 돌아와 하룻밤을 자고 아침을 먹고 나서 어머니가 걱정을 했다.

"먹을 쌀이 떨어졌다. 어떻게 해야겠니?"

어머니 말씀을 듣고 나와 5살 위 사촌형이 읍내 집으로 가서 쌀을 가져오자고 하고 길을 떠났다. 뒷산 길을 따라 어제 국군들이 싸우던 곳을 지나 읍내로 가는 넓은 산등성이에서 우리는 놀랐다. 한쪽에 셰퍼드가 총에 맞아 죽어 있고 피 묻은 군복 바지가 깔려 있는가 하면 한쪽에 정사각형 딱총 화약 종이에 앵두 알만한 빨간 화약이 붙은 종이가 어지럽게 널려 있었다.

화약에는 터진 것이 있었는데 이 화약은 때리면 땅하고 총소리만큼 컸다. 국군이 실탄이 부족하여 총소리를 내기 위하여 화약을 터뜨렸던 것으로 짐작되었다.

고갯길을 내려와 신천리 마을에 오니 밥집을 하던 가게에 인민군이 책상을 놓고 어디론지 전화를 열심히 하고 있었다.

그 앞에는 트럭 한 대가 있었고 보초 한 명이 서 있는데 마침 그때 오토바이 한 대가 옆에 사람을 태우는 쪽배 모형의 통에 싣고 온 설탕 봉지를 내려서 차에 싣고 있었다.

내가 잠깐 서서 바라보고 있자 인민군이 물었다.

"어린이 동무, 어디 가기요?"

말씨가 이북 사투리 같았다. 어른한테 들어보지 못한 동무라는 소리에 섬뜩한 생각이 들었다. 내가 대답을 못하자 재차 어디를 가느냐고 물었다. 나는 잔뜩 겁에 질린 목소리로 대답했다.

"피란 갔다가 양식이 떨어져서 집으로 가지러 가유."

인민군은 생각보다 친절하게 가르쳐 주었다.

"가다가 비행기가 오면 나무에 바짝 붙어 있어야 한다. 알았지?"

사촌형과 나는 인민군이 무서워 뒤도 돌아보지 않고 뛰다시피 그 자리를 떠나 급히 집에 도착했다. 우리를 맞은 아버지와 큰아버지 내외분이 놀라시면서 물었다.

"너희들이 어떻게 산을 넘어왔느냐?"

"양식이 떨어져서 엄마가 걱정을 하셔서 왔어요."

"알았다. 점심 먹고 가거라."

큰아버지가 지게에 양식을 지고 우리가 피란 간 길을 5리쯤 갔을 때 올 때 본 인민군은 없고 개울 둑을 따라 낯선 탱크들이 포진을 하고 있었다.

산 고개 중간쯤 이르렀을 때 비행기 소리가 나서 올려다보니 단발 프로펠러의 작은 비행기가 우리 쪽으로 다가왔다. 아침에 인민군이 알려준 대로 나무 사이로 가서 피했다. 비행기가 낮게 날아 지나갔다. 비행기에는 두 사람이 타고 있었다.

큰아버지는 정찰기라고 알려주셨다. 정찰기가 두 번 돌다가 남쪽으로 가고 나서 우리는 고개를 넘어 집에 도착했다. 오래지도 않았는데 마치 며칠이나 못 본 듯이 가족들이 서로 반기며 안부를 주고받았다.

저물기 전에 고개를 넘어가야 한다며 큰아버지가 서둘러 가시었다. 그 후 우리는 이틀간 더 피했다가 집으로 돌아왔다

새로운 세상

며칠이지만 이리저리 떠돌다가 돌아오니 집이 그렇게 편하고 좋을 줄은 몰랐다.

예전에는 미처 몰랐던 고마운 것들이 집 안에 가득한 것을 깨달았다. 우물이 뒤란에 있어 언제든 마음껏 퍼 마실 수가 있고 더우면 두레박으로 물을 퍼서 등목도 하고 목욕도 할 수 있으니 고맙고, 변소도 울타리 안에 가까이 있다는 게 너무 좋았다.

아침을 먹고 동무들이 모여 노는 마당으로 나갔

다. 마당에는 낯선 여자 인민군이 있었다. 바지 옆솔기에 붉고 굵은 줄을 친 군복에 가죽 장화를 신은 젊은 여군들이 나를 보자 웃으면서 반겼다.

"어린이 동무 어서 오라요."

내 머리를 쓰다듬어 주고 이름과 학교와 학년과 나이를 묻고 담임선생님 이름과 교장선생님 이름까지 물었다.

(다음 백일홍 울타리(7호)에 계속합니다)

이동원

1999년
시인정신」으로 등단, 공저: 빗방울을 열다 외

많이 쓰이는 외래어(3)

이 경 택

갈라쇼(gala show)=어떤 것을 기념하거나 축하
하기 위해 여는 공연

갤러리(gallery)=미술품을 진열, 전시하고 판매하는
장소, 또는 골프 경기장에서 경기를 구경하는 사람

거버넌스(governance)=민관협력 관리, 통치

걸 크러쉬(girl crush)=여성이 같은 여성의 매력
에 빠져 동경하는 현상

그래피티(graffiti)=길거리 그림, 길거리의 벽에
붓이나 스프레이 페인트를 이용해 그리는 그림

그랜드슬램(grand slam)=테니스, 골프에서 한
선수가 한 해에 4대 큰 주요 경기에서 모두 우
승. 야구에서 타자가 만루 홈런을 치는 것

그루밍(grooming)=화장, 털손질, 손톱 손질 등
몸을 치장하는 행위.

글로벌 쏘싱(global sourcing)= 세계적으로 싼
부품을 조합하여 생산단가 절약

내레이션(naration)=해설

내비게이션(navigation)=① (선박, 항공기의)조

종, 항해 ② 오늘날(자동차 지도 정보 용어로 쓰임) ③ 인터넷 용어로 여러 사이트를 돌아다닌다는 의미로도 쓰임

노멀 크러쉬(nomal crush)=평범하고 소박한 것이 행복하다고 느끼는 정서

노블레스 오블리주(noblesse oblige)=지도층 인사들에게 요구되는 도덕적 의무

뉴트로(new+retro)〉 newtro)=새로움과 복고의 합성어로 새롭게 유행하는 복고풍 현상

님비(NIMBY. not in my backyard)현상=지역 이기주의 현상(혐오시설 기피 등)

데모 데이 (demo day)=시연회 날

데이터베이스(data base)=정보 집합체, 컴퓨터에서 신속한 탐색과 검색을 위해 특별히 조직된 정보 집합체, 여러 사람에 의해 공유되어 사용될 목적으로 통합하여 관리되는 자료 집합

데자뷰(deja vu): 처음 경험 임에도 불구하고 이미 본 적이 있거나 경험한 적이 있다는 이상한 느낌이나 환상. 프랑스어로 "이미 보았다"는 뜻.

도어스테핑(doorstepping)=(기자 등의) 출근길 문답, 호별 방문

도플갱어(doppelganger)=자신과 똑같이 생긴 사람이나 동물, 즉 분신이나 복제품

드라이브 스루(drive through)=주차하지 않고도 손님이 상품을 사들이도록 하는 사업적인 서비스로서 자동차에서 내리지 않은 상태로 서비스를 받을 수 있는 운영 방식

디자인 비엔날레(design biennale)=국제 미술전

디지털치매=디지털 기기에 지나치게 의존하여 기억력이나 계산력이 크게 떨어진 상태를 일컫는 말

딥 페이크(deep fake)=인공지능 기술을 이용해 특정 인물의 얼굴 등을 특정 영상에 합성한 편집물, 주로 가짜 동영상을 말함

딩크 족(DINK, Double Income No Kids 의 약어)=정상적인 부부 생활을 영위하면서 의도적으로 자녀를 두지 않는 맞벌이 부부를 일컫는 말

라이브 커머스(live commerce)=실시간 방송 판매

랩소디(rhapsody)=광시곡, 자유롭고 관능적인 악곡 형식(주로 기악곡)

레알(real)=진짜, 또는 정말이라는 뜻. 리얼을 재미있게 표현한 것

레트로(retro)=과거의 제도, 유행, 풍습으로 돌아가거나 따라 하려는 것을 통칭하여 이르는 말

로드맵(roadmap)=방향 제시도, 앞으로의 스케줄, 도로지도

로밍(roaming)=계약하지 않은 통신 회사의 통신 서비스도 받을 수 있는 것. 국제통화기능(자동로밍가능 휴대폰 출시)체계

루저(loser)=패자, 모든 면에서 부족하여 어디에 가든 대접을 못 받는 사람

리셋(reset)=초기 상태로 되돌리는 일

리플=리플라이(reply)의 준말. 댓글 · 답변 · 의견

마스터플랜(masterplan)=종합계획, 기본계획

마일리지(mileage)=주행거리, 고객은 이용 실적에 따라 점수를 획득하는데 누적된 점수는 화폐의 기능을 한다.

매니페스터(manifester)= 감정, 태도, 특질을 분명하고 명백하게 하는 사람(것)

매니페스토(manifesto)운동=선거 공약검증운동

메시지(message)=무엇을 알리기 위하여 보내는 말이나 글

메타(meta)=더 높은, 초월한 뜻의 그리스어

메타버스(metaverse)=현실세계와 같은 사회·경제·문화 활동이 이뤄지는 3차원 가상세계를 말함

메타포(metaphor)=행동, 개념, 물체 등의 특성
과는 다른 무관한 말로 대체하여 간접적, 암시
적으로 나타내는 은유법, 비유법으로 직유와 대
조되는 암유 표현.

멘붕=**멘탈(mental)**의 붕괴. 정신과 마음이 무너
져 내리는 것

멘탈(mental)=생각하거나 판단하는 정신. 또는
정신세계.

멘토(mentor)=현명하고 신뢰할 수 있는 상대이
며 스승 혹은 인생 길잡이 역할을 하는 사람

모니터링(monitoring)=감시, 관찰, 방송국, 신
문사, 기업 등으로부터 의뢰받은 방송 프로그램,
신문 기사, 제품 등에 대해 의견을 제출하는 일

미션(mission)=사명, 임무

버블(bubble)=거품

벤치마킹(benchmarking)=타인의 제품이나 조
직의 특징을 비교 분석하여 그 장점을 보고 배
우는 경영 전략 기법

사이코패스(psychopath)=태어날 때부터 감정을
관장하는 뇌 영역이 처음부터 발달하지 않은 반
사회적 성격장애와 품행장애를 가진 사람들을
지칭하는 데 주로 사용

소셜 미디어(social media)=누리 소통 매체, 생

각이나 의견을 표현하거나 공유하기 위해 사용
하는 개방화된 인터넷상의 내용이나 매체

소프트(soft)=부드러운

소프트파워(soft power)=문화적 영향력

솔루션(solution)=해답, 해결책, 해결방안, 용액

스태그플레이션(stagflation)=경제 불황 속에서
물가상승이 동시에 발생하고 있는 상태

시스템(system)=필요한 기능을 실현하기 위하여
관련 요소를 어떤 법칙에 따라 조합한 집합체.

시크리트(secret)=비밀

시트콤(sitcom)=시추에이션 코메디(situation
comedy) 약자, 분위기가 가볍고, 웃긴 요소를 극대화한
연속극

시프트(shift)=교대, 전환, 변화

싱글(single)=한 개, 단일, 한 사람

아웃쏘싱(outsourcing)=자체의 인력, 설비,
부품 등을 이용해 비용 절감과 효율성 증대를
목적으로 외부 용역이나 부품으로 대체하는 것.

아이템(item)=항목, 품목, 종목

아젠다(agenda)=의제, 협의사항, 의사일정

알레고리(allegory)=유사성을 적절히 암시하면
서 주제를 나타내는 수사법. 즉 풍자하거나 의
인화해서 이야기를 전달하는 표현방법

애드 립(ad lib)=(연극, 영화 등에서) 대본에 없는 대사를 즉흥적으로 만들어내는 것

어택(attack)=공격(하다), 습격(하다), 발병(하다)

어필(appeal)=호소(하다), 항소(하다), 관심을 끌다

언박싱(unboxing)=(상자, 포장물의) 개봉, 개봉기

에디터(editor)=편집자

엔터테인먼트(entertainment)=대중을 즐겁게 해주는 연예(코미디, 음악, 토크 쇼 등 오락)

오티티(OTT, Over-the-top)=인터넷 동영상 서비스. 영화, TV 방영 프로그램 등의 미디어 콘텐츠를 인터넷을 통해 소비자에게 제공하는 서비스

옴부즈(ombuds)=다른 사람의 대리인.(스웨덴어)

옴부즈맨(ombudsman)=정부나 의회에 의해 임명된 관리로, 시민들에 의해 제기된 각종 민원을 수사하고 해결해 주는 사람

와이브로(wireless broadband. 약어는 wibro)= 이동하면서도 초고속 인터넷을 이용할 수 있는 무선 휴대 인터넷의 명칭. 개인 휴대 단말기(다양한 휴대 인터넷 단말을 이용하여 정

지 및 이동 중에서도 언제, 어디서나 고속으로 무선 인터넷 접속이 가능한 서비스)

유비쿼터스(ubiquitous)=도처에 있는, 사용자가 컴퓨터나 네트워크를 의식하지 않고 장소에 상관없이 자유롭게 네트워크에 접속할 수 있는 환경

인서트(insert)=끼우다, 삽입하다, 삽입 광고

젠트리피케이션(gentrification)=둥지   내몰림, 도심 인근의 낙후지역이 활성화되면서 임대료 상승 등으로 원주민이 밀려나는 현상

챌린지(challenge)=도전, 도전하다. 도전 잇기, 참여 잇기.

치팅 데이(cheating day)=식단 조절을 하는 동안 정해진 식단을 따르지 않고 자신이 먹고 싶은 음식을 먹는 날

카르텔(cartel)=서로 다른 조직이 공통된 목적을 위해 일시적으로 연합하는 것, 파벌, 패거리

카이로스(Kairos)=기회를 잡을 수 있는 결정적 순간, 평생 동안 기억되는 개인적 경험의 시간을 뜻

카트리지(cartridge)=탄약통. 바꿔 끼우기 간편한 작은 용기. 프린터기의 잉크통

커넥션(connection)=연결, 연계, , 접속, 관계

컨설팅(consulting)=전문지식을 가진 사람이 상담이나 자문에 응하는 일

컬렉션(collection)=수집, 집성, 수집품, 소장품

코스등산=여러 산 등산(예: 불암, 수락, 도봉, 북한산… 도봉 근처에서 하루 자면서)

콘서트(concert)=연주회

콘셉(concept)=generalized idea(개념, 관념, 일반적인 생각)

콘텐츠(contents)=내용, 내용물, 목차. 한국=‘콘텐츠 貧國(유무선 통신망을 통해 제공되는 디지털 정보나 내용물의 총칭)

콜센터(call center)=안내 전화 상담실

크로스(cross)=십자가(가로질러) 건너다(서로) 교차하다, 엇갈리다

크리켓(cricket)= 공을 배트로 쳐서 득점을 겨루는 방식으로 진행되는 단체 경기. 영연방 지역에서 널리 즐기는 게임

키워드(keyword)=핵심어, 주요 단어(뜻을 밝히는데 열쇠가 되는 중요하고 핵심이 되는 말)

테이크아웃(takeout)=음식을 포장해서 판매하는 식당이 아닌 다른 곳에서 먹는 것, 다른 데서 먹을 수 있게 사 가지고 갈 수 있는 음식을 파는 식당

텐션(tension)=시의 외연과 암시적 기능인 내포 사이에서 이루어지는 긴장감

트랜스 젠더(transgender)=성전환 수술자

틱(tic)=의도한 것도 아닌데 갑자기, 빠르게, 반복적으로, 비슷한 행동을 하거나 소리를 내는 것

파이팅(fighting)=싸움, 전투, 투지, 응원하며 잘 싸우라는 뜻으로 외치는 소리.

패널(panel)=토론에 참여하여 의견을 말하거나, 방송 프로그램에 출연해 사회자의 진행을 돕는 역할을 하는 사람 또는 그런 집단.

패러다임(paradigm)=생각, 인식의 틀, 특정 영역·시대의 지배적인 대상 파악 방법 또는 다양한 관념을 서로 연관시켜 질서 지우는 체계나 구조를 일컫는 개념. 범례

패러디(parody)=특정 작품의 소재나 문체를 흉내 내어 익살스럽게 표현하는 수법 또는 그런 작품. 다른 것을 풍자적으로 모방한 글, 음악, 연극 등

팩트 체크(fact check)=사실 확인

퍼머넌트(permanent make-up)=성형 수술, 반영구 화장:파마(=펌, perm)

포럼(forum)=공개 토론회, 공공 광장, 대광장,

푸쉬(push) =(무언가를) 민다, 힘으로 밀어붙이다. 누르기

프레임(frame) =틀, 뼈대 구조

프로슈머(prosumer) =생산자이자 소비자인 사람. 기업 제품에 자기의견, 아이디어(소비자 조사해서)를 말해서 개선 또는 소비자가 원하는 제품을 개발토록 직접 또는 간접적으로 참여하는 사람(프로슈머 전성시대)

피톤치드(phytoncide) =식물이 병원균·해충·곰팡이에 저항하려고 내뿜거나 분비하는 물질. 심폐 기능을 강화시키며 기관지 천식과 폐결핵 치료, 심장 강화에도 도움이 된다고 알려져 있다.

픽쳐(picture) =그림, 사진, 묘사하다

필리버스터(filibuster) =무제한 토론. 의회 안에서 다수파의 독주 등을 막기 위해 합법적 수단으로 의사 진행을 지연시키는 무제한 토론

하드(hard) =엄격한, 딱딱함, 얼음과자(아이스 크림데 반대되는)

하드커버(hard cover) =책 표지가 두꺼운 것(책의 얇은 표지는 소프트 커버)

헤드트릭(hat trick) =축구와 하키에서 한 선수가 한 경기에서 3골 득점하는 것

휴먼니스트(humanist) =인도주의자

틀리기 쉬운 비슷한 한자

【ㅇ】

傳(전할 전)　　—傳說(전설 : 전하여 내려 오는 이야기)

傅(스승 부)　　—師傅(사부 : 스승)

晝(낮 주)　　　—晝夜(주야 : 낮과 밤)
書(글 서)　　　—文書(상고할 글이나 서류)
畵(그림 화)　　—畵家(화가 : 그림을 잘 그리는 사람
畫(그을 획)　　—畫順(획순 : 글자의 획을 쓰는 순서)

衆(무리 중)　　—大衆(대중 : 많은 군중)
象(코끼리 상)　—象牙(상아 : 코끼리의 어금니)
(본뜰 상)　　—象形(상형 : 모양을 본뜸

【ㅊ】

天(하늘 천)　　—天運(천운 : 하늘의 운수)
夭(일찍 죽을 요)—夭折(요절 : 젊어서 죽음)

請(청할 청)　　—請求(청구 : 청하여 요구함)
淸(맑을 청)　　—淸凉(청량 : 맑고 시원함)

晴(갤 청)　　　一快晴(쾌청 : 기분 좋게 갠 날씨)

【ㅌ】

脫(벗을 탈)　　一脫衣(탈의 : 옷을 벗음)
悅(기쁠 열)　　一喜悅(희열 : 기쁨)
稅(조세 세)　　一稅金(세금 : 조세로 바치는 돈)

探(더듬을 탐)　一探險(탐험 : 위험을 무릅쓰고
　　　　　　　　　　험한 곳을 찾는 일)
深(깊을 심)　　一深山(심산 : 깊은 산)

【ㅍ】

抱(안을 포)　　一抱擁(포옹 : 품에 안음)
泡(물거품 포)　一水泡(수포 : 물거품, 헛된 결과)
胞(한배 포)　　一同胞(동포 : 같은 국민)

【ㅎ】

鄕(시골 향)　　一京鄕(경향 : 서울과 시골)
卿(벼슬 경)　　一卿相(경상 : 재상(宰相))

刑(형벌 형)　　一死刑(사형 : 죄인을 죽이는 형벌)
形(모양 형)　　一形式(형식 : 겉보기)
型(본보기 형)　一模型(모형 : 본보기 물건)

하마비(下馬碑)

황 선 칠

이곳에 정착한 지도 어느덧 17년이 되었다.

임대한 농지에 불법 임시 건물로 탈도 많던 천막공장을 청산하고, 떳떳한 내 공 장을 신축하여 이사하면서 얼마나 꿈에 부풀었던가.

천막공장 시절을 돌이켜 보니 4년 내내 명절 하루 외에는 쉬어 본 기억이 없었다. 눈만 뜨면 공장이고, 그저 잠자고 밥 먹는 시간 외에는 일 속에 묻혀 살아온 나였다.

그렇게 일에만 죽으라고 열중하며 살다 보니 큰돈은 아니지만 적은 돈이 술술 들어왔고 조금씩 저축을 할 만큼 여력이 생겼다. 그렇게 아껴 모은 얼마 되지 않는 돈을 손에 쥐고 내 공장을 갖는다는 설레는 마음으로 수도권 동서남북 구석구석 안 간 곳 없이 뒤지고 다녔었다.

비포장 길과 구불구불 산 고갯길 돌고 돌아 마침내 용인 땅 북 쪽 끝자락 오지에서 발길이 멈추었다. 43번 비포장 국도변 주변에 양계장 사이에 개울을 끼고 있는 터로 여러 가지 여건이 공장 자리로는 썩 좋은 자리가 아니었다. 하지만 나는 왠지 이곳에 우리 공장을 세우리라는 희망을 걸기로 자리를 잡았다.

그렇게 창업을 한 후 4년여 만에 서러운 임대 천막공장을 청산 하고 터를 잡았을 때 모두 이곳이 공장 자리로는 적합하지 않다고 거래처 사장들이나 친구들 모두가 비관적이었다.

가구공장의 특성상 넓은 부지가 필요하므로 얼마 안 되는 자금으로 어쩔 수 없이 이곳으로 결정을 하였던 것이다. 그러나 주위를 둘러봐도 여타 공장은 하나도 없고 공장으로서는 불모지나 다름없는 곳이었다.

도로 등 기반 여건 하며 산으로 둘린 좁은 골짜기를 바라보며 잘못된 결정은 아니었나 후회도 했었다.

어쩌겠는가. 내가 결정한 선택이고 이미 주사위는 던져져 있질 않은가. '좋다. 겪어야 할 시련이라면 헤쳐 나가야 한다. 지금까지 살아오는 동안 내 앞길에 언제 쉬운 일만 있었던가. 거친 황무지를 내 손으로 개척하리라.' 이렇게 결심한 나는 몸은 고달프나 마음은 오히려 결연했다.

인력 문제나 자재수급 등 실제로 어려움에 직면했고 납품 가던 차가 비포장도로에 빠져 납품을 망치는가 하면 여름에는 장마로 길이 끊기고 겨울에는 가파른 언덕에 빙판길 출근차 사고 나기가 다반사였다.

그동안 뜻하지 않은 화재와 수해 피해 등 우여곡절이 없지도 않았지만 어려움 속에서도 불편을 감수해준 거래처, 무엇보다도 열악한 환경에 묵묵히 희생해 준 우리 직원 가족, 주위에서 도움을 줬던 여러분 덕분에 크게 우려했던 것과는 달리 그래도 공장은 곧 돌아가 걱정하던 주위 분들을 안심하게 하였다.

언제부터인가 영원한 오지일 것 같던 이곳에도 작은 공장들이 속속 들어오기 시작했고, 험한 비포장도로가 말끔한 4차선 도로로 확정되더니 고개

너머에는 신도시 분당 아파트가 들어지기 시작했다. 그렇게 주위환경이 변하고 공장 여건이 좋아지는 것만큼 사업도 확장되어 공장 증축도 하게 되고 여유와 안정도 찾았다.

그런 중에 지역의 좋은 이웃을 알게 되고 그들의 많은 도움은 참 고마운 일이 아닐 수 없었다.

오랜 객지 생활에 고향을 잃은 나에게 이곳 사람들은 많은 힘을 주었다. 이곳에 완전히 정착할 수 있도록 터전을 마련해 주었고 3년 전에는 이곳 언덕에 조그만 살림집도 짓게 되었다.

내 손으로 직접 지은 산림속의 살림집

삭막한 도시 아파트 생활을 접고 나의 꿈이 이루어진 이곳에서 이웃과 어울려 사는 생활은 참으

177

로 행복하다.

특히 언덕 아래는 착하고 정이 많은 정씨 성을 가진 사람들의 집성촌이 있다. 모두가 고려의 충신 포은 정몽주 공의 후손들이다.

마을 아늑한 산 밑에는 포은공의 위패가 모셔진 충렬서원이 있는데 남쪽 산에서 개성을 바라보는 명당에 포은공의 묘소가 있고 포은 묘소 입구 길목에 '단심가'가 새겨진 거대한 돌비석이 서 있고 그 옆에 '소인 하마비'라고 새겨진 작은 비석이 있다. 누구든 이 앞을 지날 때는 말에서 내려 예를 갖추라는 뜻이라고 한다.

옛날에는 말에서 내려 걸어야만 했을 이 길이 요즘은 말 대신 몰려드는 차량이 도로를 가득 메우고 많은 사람이 매일

하마비/ 대소인하마(大小人下馬)

그 앞을 지나치지만 희미해진 비문이 말해 주듯 모두가 역사엔 무관심이다.

그 동안 용인 땅 끝자락 소외되었던 오지에 민심이 몰리고 산수 좋은 친환경 별장지대가 되어 주야로 밀려드는 차들이 어떤 새 바람을 몰고 오는지 한껏 기대가 된다.(포은공 묘역에서 만나는 기념비)

백로가

까마귀 싸우는 골에
백로야 가지 마라
성난 까마귀
흰 빛을 새오나니
청강에 고이 씻은 몸을
더럽힐까 하노라
(포은 정몽주 모친 지음)

포은 정몽주 지음/단심가

포은 단심가

이 몸이 죽고죽어
일백번 고쳐죽어
백골이 진토되어
넋이라도 있고 없고
임향한 일편단심이야
가실 줄이 있으랴

남곡서예와 성어풀이 / 이병희

破甑不顧(파증불고)

破-깨트릴 파   甑-시루 증
不-아니 불   顧-돌아볼 고

직역:깨진 시루는 돌아보지 않는다
의역:지나간 일은 돌아보지 마라
    지나간 일은 아무리 아쉬워도
    소용이 없으므로 깨끗하게
    단념하라는 뜻이다

ㅂ

璞玉渾金 박 옥 혼 금	갈지 않은 옥과 제련하지 않은 금과 같이 검소하고 소박한 사람. 璞玉渾金
博而不精 박 이 부 정	여러 방면으로 많이 알되 정통하지 못함. 博而不精
薄酒山菜 박 주 산 채	변변치 못한 술과 산나물. 薄酒山菜
反哺之孝 반 포 지 효	자오반포(慈烏反哺:어미 까마귀가 새끼에게 먹이를 씹어 먹였듯 어미가 늙어 이가 빠지면 새끼가 먹이를 씹어 어미한테 먹임)에서 온 말. 자식이 커서 부모를 봉양함. 反哺之孝
拔本塞源 발 본 색 원	폐단의 근원을 뿌리째 뽑아서 없애 버림. 拔本塞源

放聲痛哭 방 성 통 곡	소리를 크게 지르며 목놓아 욺. 放声痛哭
傍若無人 방 약 무 인	옆 사람도 안 보이는 듯 언행을 함부로 함. 傍若无人
蚌鷸之爭 방 휼 지 쟁	조개와 황새가 서로 물고 싸우다가 어부에게 붙잡혀 먹힘. 둘이 싸우다가 제삼자에게 이익을 뺏김. 蚌鹬之争
背水之陣 배 수 지 진	물을 등지고 진을 친다는 뜻. 목숨을 걸고 대비하는 비장한 각오. 背水之阵
背恩忘德 배 은 망 덕	은혜를 잊고 도리어 배반함. 背恩忘德
白骨難忘 백 골 난 망	죽어서 백골이 되어도 잊지 못함. 白骨难忘
百年佳約 백 년 가 약	남녀가 결혼하여 한평생을 함께하자는 언약. 百年佳约
百年大計 백 년 대 계	먼 뒷날까지 이룰 큰 계획. 百年大计

百年之計 백년지계	백년간의 계획. 곧, 오랜 세월을 위한 계획. 百年之计
百年河淸 백년하청	황하가 맑기를 기다린다는 고사에서 나온 말로 아무리 기다려도 안 됨. 百年河清
百年偕老 백년해로	부부가 일생을 의좋게 삶. 百年偕老
白面書生 백면서생	글만 읽고 세상일은 아무것도 모르는 사람. 白面书生
百戰老將 백전노장	많은 싸움을 치른 늙은 장군이란 뜻으로 세상일에 경험이 많아 무엇이든지 해내는 인물. 百战老将
百戰百勝 백전백승	싸울 때마다 이김. 百战百胜
百折不屈 백절불굴	백 번 꺾어도 굽히지 않음. 百折不屈
百尺竿頭 백척간두	백 자나 되는 장대 위에 걸렸다는 말로 매우 위태로운 경지를 이름. 百尺竿头

本末轉倒 본 말 전 도	일의 처음과 나중이 뒤바뀜. 本末转倒
夫唱婦隨 부 창 부 수	남편이 하는 대로 아내가 따름. 夫唱妇随
附和雷同 부 화 뇌 동	주견 없이 남이 하는 대로 덩달아 좇음. 附和雷同
北窓三友 북 창 삼 우	거문고(琴) 술(酒) 시(詩)를 뜻함. 세 친구. 北窗三友
粉骨碎身 분 골 쇄 신	뼈가 가루가 되고 몸이 깨지도록 노력함. 粉骨碎身
焚書坑儒 분 서 갱 유	진시황(秦始皇)이 천하의 서적을 불태워 버리고 수많은 학자를 구덩이에 묻어 죽인 일을 말함. 焚书坑儒
不顧廉恥 불 고 염 치	체면과 염치를 돌아보지 않음. 不顾廉耻
不俱戴天 불 구 대 천	하늘 아래서 함께 살 수 없는 원수를 이름. 不俱戴天

不眠不休 불 면 불 휴	자지도 쉬지도 않고, 쉴 사이가 없음. 不眠不休
不問可知 불 문 가 지	묻지 않아도 가히 알 수 있음. 不问可知
不問曲直 불 문 곡 직	옳고 그름을 따지지 않음. 不问曲直
不撤晝夜 불 철 주 야	밤낮을 가리지 않음. 不撤昼夜
不恥下問 불 치 하 문	연하에게 묻는 것을 부끄 러워하지 않음. 不耻下问
鵬程萬里 붕 정 만 리	붕이란 상상의 큰 새로 붕이 가야 할 길은 수만 리 라는 뜻. 범인은 상상도 할 수 없는 원대한 사업이나 계획을 비유함. 鵬程万里
非一非再 비 일 비 재	한두 번이 아님. 非一非再
氷炭之間 빙 탄 지 간	얼음과 숯불 같은 관계. 원수 관계. 氷炭之间

四顧無親 사 고 무 친	의지할 데가 도무지 없음. 四顾无亲
捨短取長 사 단 취 장	단점은 버리고 장점은 취함. 舍短取长
四面楚歌 사 면 초 가	사면이 적에게 포위당해 궁지에 빠짐을 비유. 四面楚歌
四分五裂 사 분 오 열	이리저리 아무렇게나 나눠지고 찢어짐. 四分五裂
沙上樓閣 사 상 누 각	모래 위에 지은 집이라는 뜻으로, 기초가 약함을 뜻함. 沙上楼阁
四通五達 사 통 오 달	사방으로 막힘없이 통함. (四通八達) 四通五达
事必歸正 사 필 귀 정	모든 일은 반드시 바른 쪽으로 돌아감. 事必归正

山上寶訓
산 상 보 훈

산 위에서 행한 예수님의 가르침.(山上垂訓) 山上宝训

山戰水戰
산 전 수 전

세상의 온갖 고난을 다 겪어 경험이 많음을 이름.
山战水战

山海珍味
산 해 진 미

산과 바다에서 나는 재료로 만든 맛 좋은 음식. 山海珍味

殺身成人
살 신 성 인

자기를 희생하여 인(仁)을 이룬다는 뜻으로 남을 위해 죽음.
杀身成人

三顧草廬
삼 고 초 려

중국 촉한의 유비가 제갈 량의 초옥을 세 번 찾아가 간청하여 그를 군사로 맞은 고사에서 유래. 인재를 얻기 위해 허리를 굽히고 참고 기다림. 三顾草庐

傷弓之鳥
상 궁 지 조

활에 다친 새는 굽은 나무만 보아도 놀란다. 한번 일을 당하고 나면 비슷한 것만 보아도 두려워함.
伤弓之鸟

| 桑田碧海 | 세상일의 변천함이 심한 |
| 상 전 벽 해 | 것을 비유. 桑田碧海 |

| 塞翁之馬 | 인생의 길흉화복은 항시 바 |
| 새 옹 지 마 | 꾸어 예측할 수 없음. 塞翁之马 |

| 先則制人 | 선수를 치면 적을 제압할 |
| 선 즉 제 인 | 수 있음. 先则制人 |

| 仙風道骨 | 풍채와 골격이 남보다 뛰 |
| 선 풍 도 골 | 어난 인물. 仙风道骨 |

| 先行後教 | 선인의 행위를 들어 후학 |
| 선 행 후 교 | 을 가르침. 先行後教 |

雪上加霜	눈 위에 서리까지 내린
설 상 가 상	격으로, 불행한 일이 겹침.
	雪上加霜

| 說往說來 | 서로 변론하느라고 옥신각 |
| 설 왕 설 래 | 신함. 说往说来 |

| 纖纖玉手 | 가냘프고 고운 여자의 손. |
| 섬 섬 옥 수 | 纤纤玉手 |

騷人墨客 소 인 묵 객	시문(詩文)과 서화(書畵)를 일삼는 사람. 騷人墨客
小貪大失 소 탐 대 실	작은 것을 탐내다가 큰 것을 잃음. 小贪大失
束手無策 속 수 무 책	손이 묶인 듯 어찌할 방책이 없음. 束手无策
送舊迎新 송 구 영 신	묵은해를 보내고 새해를 맞음. 送旧迎新
袖手傍觀 수 수 방 관	팔짱을 끼고 곁에서 보기만 함. 袖手傍观
誰怨誰咎 수 원 수 구	누구를 원망하고 누구를 탓하랴. 谁怨谁咎
水滴穿石 수 적 천 석	물방울이 바위를 뚫는다. 작은 노력이라도 계속하면 큰 일을 이룰 수 있음. 水滴穿石
守株待兔 수 주 대 토	그루터기에서 토끼를 기다린다는 뜻. 안 될 일을 고집함. 守株待兔

唇亡齒寒 순 망 치 한	입술이 없으면 이빨이 시리다. 한쪽이 망하면 다른 한쪽도 망함. 唇亡齒寒
深思熟考 심 사 숙 고	신중을 기하여 깊이 생각함. 深思熟考
十匙一飯 십 시 일 반	여럿이 조금씩 도우면 한 사람을 구할 수 있음. 十匙一飯

이병희

서예가
신사임당. 이율곡 서예대전 초대작가
운곡서예대전 초대작가
국전입선 3회

울타리 동인 모심

울타리 5집이 나오도록 후원하신 다음 분들을
글벗문학마을 울타리 동호인으로 모십니다

이상열	김홍성	엄기원	정기영
강갑수	남창희	오연수	정두모
권종태	남춘길	유영자	정연웅
김광일	박경자	이계자	정태광
김대열	박영애	이동원	조성호
김명배	박영률	이병희	주현주
김무숙	박주연	이상귀	진명숙
김복희	박찬숙	이상인	최강일
김상빈	박 하	이상진	최신재
김상진	방병석	이석문	최용학
김연수	배상현	이선규	최원현
김성수	배정향	이소연	최의상
김소엽	백근기	이용덕	최창근
김순덕	손경영	이정숙	표만석
김순찬	신건자	이주형	한명희
김순희	신영옥	이진호	한평화
김승래	신외숙	이채원	허윤정
김어영	신인호	임성길	홍성훈
김영배	심광일	임준택	
김영백	심만기	전형진	
김예희	심은실	전홍구	
김정원	안승준	정경혜	76명